Gaetan Foisy
12325 Jeanne Mance
Montreal Que H3L 3C8

D1510385

# LES FLEURS
# MEURENT AUSSI

Lawrence Block est né à Buffalo (État de New York) le 24 juin 1938. Auteur notamment de *La Balade entre les tombes*, *Le Diable t'attend* ou *Tous les hommes morts*, il est l'écrivain de romans policiers le plus récompensé aux États-Unis. Il a été fait récemment Grand Maître du roman policier par la *Mystery Writers of America* et réside à New York, la ville même qui sert de cadre à ses romans.

# Lawrence Block

# LES FLEURS
# MEURENT AUSSI

ROMAN

*Traduit de l'anglais (États-Unis)*
*par Étienne Menanteau*

*Éditions du Seuil*

TEXTE INTÉGRAL

TITRE ORIGINAL
*All the Flowers are Dying*
ÉDITEUR ORIGINAL
William Morrow, an imprint
of HarperCollins Publishers, New York

© Lawrence Block, 2005

ISBN 978-2-7578-0456-8
(ISBN 2-02-083179-1, 1ʳᵉ publication)

© Éditions du Seuil, juin 2006, pour la traduction française

Pour deux mecs à la dérive,
Brian Koppelman
&
David Levien

Ô Danny Boy, la musette, la musette appelle,
De val en val, à flanc de montagne elle te hèle,
L'été est fini, les roses toutes sont tombées,
Las, c'est toi qui dois partir, et moi attendre.

Reviens quand le printemps derechef sera dedans le pré,
Quand se tairont les collines tant de neige seront blanches,
Et lors tu me trouveras, au soleil ou dedans l'ombre,
Tant je t'aime, ô Danny Boy, tant je t'aime.

Mais si tu viens et que déjà les fleurs toutes se meurent,
Et que morte je sois, comme je risque de l'être,
Trouve, je t'en prie, le lieu où je serai à reposer
Et t'agenouille et dis pour moi un Ave.

Même si au-dessus de moi tu marches d'un pied léger
Je t'entendrai et plus chaude et douce sera ma tombe,
Lors tu te pencheras, lors tu me diras que tu m'aimes,
Et moi, en paix j'attendrai qu'enfin tu me reviennes.

Frederic Edward Weatherly, *Danny Boy*


Écoutez, ô juges : il est encore une autre folie, et c'est
celle qui vient avant l'acte. Hélas, tu n'as pas encore assez
sondé cette âme-là.
Ainsi parle le juge rouge : «Pourquoi cet homme a-t-il
assassiné ? Pour voler.» Mais moi je te le dis : son âme
avait soif de sang, point de rapine : elle voulait la béati-
tude que donne le couteau.

Nietzsche, *Ainsi parlait Zarathoustra*

## REMERCIEMENTS

L'auteur exprime toute sa gratitude à la Ragdale Foundation de Lake Forest, dans l'Illinois, où ce livre a en grande partie été écrit.

# 1

À mon arrivée, Joe Durkin s'était déjà installé à une table d'angle et sirotait un verre – vodka glaçons, c'en avait tout l'air. J'embrassai la pièce du regard, écoutai le bourdonnement des voix devant le bar et dus me trahir car Joe me demanda d'emblée si ça allait. Affirmatif, lui répondis-je, pourquoi ?

– Parce qu'on dirait que tu as vu un fantôme.

– C'est le contraire qui serait drôle. Des fantômes, il y en a partout ici.

– Un peu tôt pour eux, tu crois pas ? Il y a combien de temps que c'est ouvert ? Deux heures ?

– Pas loin de trois.

– Le temps passe vite, qu'on s'amuse ou pas. Chez Jake, si ce nom te dit quelque chose. Tu le connais ?

– Je ne sais pas qui c'est. Je fréquentais cet endroit avant qu'il lui appartienne.

– Alors, c'était Jimmy Armstrong le propriétaire.

– Exact.

– Il est mort, non ? Avant ou après le 11 septembre ?

Pour nous, c'est la ligne de partage : dans notre existence, tout se situe avant ou après cette date.

– Après… environ cinq ou six mois après. Il a laissé l'établissement à un neveu, qui a essayé de le faire tourner pendant quelques mois et a fini par juger que ce n'était pas le genre de vie qu'il lui fallait. C'est probablement pour ça qu'il l'a vendu à ce Jake, si tu vois de qui je parle.

13

– En tout cas, on mange bien chez lui. Tu sais ce qu'on te sert ici ? À n'importe quelle heure, tu peux te payer un breakfast irlandais.

– C'est quoi ça ? Une cigarette et un six-pack de bière ?

– Très drôle. Tu dois être au courant, un mec aussi branché que toi.

Je hochai la tête.

– C'est le menu réservé aux cardiaques, non ? Bacon, œufs et saucisse…

– Avec de la tomate grillée.

– Ah, la cuisine diététique…

– Et du boudin, ajouta-t-il, ce qui n'est pas facile à trouver. Tu as choisi ? Non, parce que moi, je vais opter pour le breakfast irlandais.

J'expliquai à la serveuse que je prendrais la même chose, avec un café. Joe, lui, se contenterait d'une seule vodka, mais ne refuserait pas une bière. Une irlandaise – pour aller avec le breakfast –, mais pas une Guinness. Elle lui proposa une Harp, il fut d'accord.

Joe Durkin. Je le connais depuis vingt ans, même si nous ne sommes pas des amis intimes. Vingt ans pendant lesquels il a été inspecteur à Midtown North, détaché à l'ancien commissariat de la 54e Ouest, vingt ans pendant lesquels à la longue nous en sommes venus à collaborer. Je lui demandais de me rendre service et lui renvoyais l'ascenseur, tantôt en espèces, tantôt en nature. À l'occasion, il aiguillait un client vers moi. Nos relations ont parfois été tendues : il n'a jamais digéré que je fréquente un criminel patenté et moi, quand il avait sifflé trop de vodka, son comportement ne me rendait pas sa compagnie très agréable. Cela dit, étant des vieux de la vieille, nous savions comment mettre de l'huile dans les rouages, oublier nos différends et rester proches, mais pas trop.

On devait être en train de nous servir quand il m'expliqua qu'il avait donné sa démission. Ça faisait deux ans qu'il menaçait de le faire, lui fis-je remarquer; à quoi il me répondit qu'il avait rempli tous les formulaires et se trouvait fin prêt depuis plusieurs années lorsque les tours se sont écroulées...

– Ce n'était pas le moment de prendre ma retraite, ajouta-t-il. Même s'il y a des mecs qui l'ont fait et comment leur en vouloir, hein? Ils n'avaient plus le cœur à exercer ce métier. Pour moi, c'était déjà le cas. Raconter des conneries à n'en plus finir, c'était tout ce qu'on fabriquait. Il n'empêche qu'à l'époque j'ai réussi à me persuader qu'on avait besoin de moi.

– Ça ne m'étonne pas.

– Bref, je suis resté trois ans de plus que j'en avais l'intention, et si pendant ce temps-là j'ai fait quelque chose d'utile, ça m'échappe. N'importe comment, maintenant c'est fini. On est quoi aujourd'hui? Mercredi? Vendredi en huit, j'arrête. Il ne me reste plus qu'à trouver le moyen d'occuper le restant de mes jours.

Raison pour laquelle il m'avait demandé de dîner avec lui, dans une pièce remplie de spectres...

Cela faisait plus de trente ans que, moi, j'avais rendu mon tablier et pris ma retraite de la police de New York. Après quoi je n'avais pas tardé à renoncer à mon rôle de mari et de père et à quitter une confortable maison de banlieue à Syosset pour aller m'installer au Northwestern, dans une petite chambre d'hôtel qui ressemblait à une cellule de moine. Je n'y passais guère de temps. Le bar de Jimmy Armstrong, qui se trouvait dans le coin, entre la 57e et la 58e, me tenait lieu de salle de séjour et de bureau. C'était là que je retrouvais mes clients, que je mangeais et que se concentrait le peu de vie sociale que j'avais. C'était aussi là que je venais boire, tous les jours, car c'était comme ça que je fonctionnais à l'époque.

Je continuai ainsi le plus longtemps possible. Jusqu'au jour où je me fis abstème, comme disaient les anciens, et me mis à tuer le temps non point dans le bistrot de Jimmy, mais à deux rues de là en remontant vers le nord, dans le sous-sol de l'église Saint-Paul-l'Apôtre. Et dans les sous-sols d'autres églises, où je recherchais le moyen de combler le vide autrement que par l'alcool.

A un moment donné, on n'avait pas renouvelé le bail de Jimmy, qui était allé s'installer un peu plus bas vers l'ouest, au bout d'une longue rue, à l'angle de la 10e et de la 57e. J'avais cessé de boire, je restai à distance de l'ancien établissement et pendant un temps évitai le nouveau. Ce n'était certes jamais devenu un de mes lieux de prédilection, mais Elaine et moi venions parfois y manger. Jimmy servait toujours de la bonne cuisine et le cuistot débauchait très tard, ce qui en faisait un point de chute idéal après une soirée au théâtre ou au Lincoln Center.

J'avais assisté à l'office célébré dans les locaux d'une entreprise de pompes funèbres de la 44e Ouest, où quelqu'un passa une chanson qu'il affectionnait tout particulièrement : *Last Call*, de Dave Van Ronk, que j'avais entendue la première fois lorsque Billie Keegan me l'avait fait écouter au terme d'une longue nuit arrosée au whisky. Je la lui avais fait passer et repasser... A cette époque-là, Keegan travaillait le soir comme barman chez Jimmy, en semaine. Le jour de l'enterrement, il y avait longtemps qu'il était allé s'installer en Californie et Van Ronk, qui avait écrit la chanson et l'avait interprétée *a cappella*, avait disparu environ un mois avant Jimmy. Bref, j'avais écouté un mort chanter pour un autre mort...

Huit ou quinze jours après, on avait organisé une veillée mortuaire pour Jimmy au bar, veillée à laquelle je participai, mais sans m'y attarder. Y vinrent des gens que je n'avais pas vus depuis des années et, oui, cela me fit du bien de les retrouver, mais ce fut aussi un soulagement de m'en aller et de rentrer chez moi. Et un soir d'été, le bail ayant été cédé, on avait liquidé l'affaire en régalant gratis les clients. Plusieurs personnes m'avaient demandé de venir, mais je n'avais même pas envisagé la chose. J'étais resté à regarder un match des Yankees.

Et là j'étais à nouveau, dans une pièce remplie de fantômes. Dont Manny Karesh. J'avais fait sa connaissance à l'époque de la Neuvième Avenue et il n'avait pas quitté le quartier. Il venait presque tous les jours boire une bière ou deux et faire du gringue aux infirmières. Il avait bien sûr été à la veillée mortuaire et avait sans doute assisté à la dernière soirée, mais je ne sais pas s'il avait tenu jusque-là. Lors de la veillée, il m'avait expliqué qu'il ne lui restait plus longtemps à vivre. On lui avait proposé de suivre une chimiothérapie, m'avait-il confié, mais sans nourrir grand espoir sur les chances de succès, de sorte qu'il n'avait pas jugé utile de s'y soumettre. Il était mort pendant l'été, peu après la fermeture du bar, mais je ne l'ai appris qu'à l'automne. J'ai donc raté un enterrement, mais au point où j'en suis, il y en a toujours un autre auquel on peut assister. C'est un peu comme les autobus. Si on en rate un, il y en aura un autre dans quelques minutes…

— J'ai cinquante-huit ans, reprit Joe. Je suis donc maintenant en âge de prendre ma retraite, bien que je sois trop jeune pour être retraité… Tu me suis ?

— Tu sais ce que tu vas faire ?

— Ce que je ne vais pas faire, répondit-il, c'est m'acheter une petite baraque en Floride. Je ne vais pas à la pêche, je ne joue pas au golf et avec ma peau d'Irlandais je risque d'attraper un coup de soleil avec une lampe de bureau…

— Je ne crois pas que tu te plairais en Floride.

— Tu m'étonnes… Je pourrais rester ici et vivre de ma retraite, mais l'inactivité me rendrait fou. Je passerais mon temps dans les bars, ce qui n'est pas terrible, ou alors je picolerais chez moi, ce qui est pire… Le mieux, c'est ça : le boudin. On n'en trouve pas souvent dans les restaurants. Sans doute dans les vieux quartiers irlandais, Woodside, Fordham Road, mais qui a le temps de courir jusque là-bas ?

— Oui, enfin… maintenant que tu es à la retraite.

— Exact, je peux consacrer une journée entière à chercher du boudin.

— Tu n'aurais pas besoin d'aller aussi loin. On trouve tout ce qu'on veut dans les épiceries hispaniques.

— Sans blague ! Du boudin ?…

— Ils appellent ça de la *morcilla*, mais c'est la même chose.

— C'est quoi ? Portoricain ? Je parie que c'est plus relevé.

— Plus relevé que la cuisine irlandaise ? Ça alors, tu crois que c'est possible ? Mais c'est pratiquement la même chose. Appelle ça boudin ou *morcilla*, dans les deux cas tu as une saucisse de sang de porc.

— De grâce !

— Qu'est-ce qui se passe ?

— Tu permets, dis ? Je suis en train de manger !

— Tu ne savais pas de quoi il s'agissait ?

— Bien sûr que si, mais ça ne veut pas dire que j'ai envie de m'appesantir là-dessus. (Il but un peu de bière, reposa son verre, hocha la tête.) Il y a des mecs qui se retrouvent à bosser dans la sécurité pour des boîtes privées. Pas comme flic, à un échelon plus élevé. Un mec que j'ai connu a démissionné il y a dix ans pour aller superviser la sécurité à la Bourse. Maintenant, il a pris

18

sa retraite et il touche deux pensions, plus les prestations sociales. Et il vit en Floride, où il joue au golf et va à la pêche.

– Ça t'intéresse, ce genre de trucs ?

– La Floride ? Je t'ai déjà expliqué que… Oh ? ! Le boulot dans la sécurité privée ? Eh bien, tu vois, je me suis baladé très longtemps avec une plaque de flic. J'étais inspecteur, et lui, il effectuait plutôt des tâches administratives. Je pourrais le faire, mais je ne sais pas si ça me plairait. Et puis, il doit falloir se coltiner les petits chefs.

Il attrapa son verre vide, le contempla et le reposa. Et sans me jeter un regard il poursuivit :

– Je pensais travailler comme privé.

Ça, je l'avais senti venir.

– Pour s'en sortir, déclarai-je, il faut être doué pour les affaires, se constituer des archives, consigner des rapports et faire du relationnel pour décrocher des enquêtes. Enfin… si tu es à ton compte. Sinon, quand on va bosser pour une grosse agence, on expédie d'abord la routine et on gagne des clopinettes, et cela sans plaque. Je ne crois pas que ça t'irait.

– Pas plus que de collectionner les archives et les rapports… Mais toi, tu n'en es pas passé par là.

– Disons que je n'ai jamais trop su faire les choses dans les règles. J'ai travaillé des années sans licence, et quand j'en ai enfin décroché une, je n'ai pas tenu très longtemps.

– Je m'en souviens. Tu t'en es très bien sorti comme ça.

– Faut croire. J'étais parfois sur la corde raide.

– Bon, moi, j'ai ma retraite. C'est une sécurité.

– Exact.

– Ce que je me disais…

Et ce qu'il se disait, bien sûr, c'était que nous pourrions travailler ensemble. Moi, j'avais de l'expérience comme privé, et lui, il arriverait avec des contacts bien plus récents au sein de la police. Je le laissai développer son idée et lorsqu'il en eut fini je lui annonçai que ça venait quelques années trop tard.

– Je suis quasiment à la retraite, lui expliquai-je. Pas de façon officielle, y a pas besoin… Simplement, je ne suis pas obligé de chercher des clients et le téléphone ne sonne pas tout le temps. Quand c'est le cas, je trouve assez souvent une bonne raison de décliner l'offre qu'on me fait, quelle qu'elle soit. Tu fais ça deux ou trois fois et on arrête de t'appeler, ce qui personnellement me va très bien. Je n'ai pas besoin de ce fric. Je touche les allocations, plus tous les mois un petit chèque de la municipalité, et on encaisse les loyers des appartements qu'Elaine possède, ainsi que les bénéfices dégagés par son magasin.

– Œuvres d'art et antiquités… Je passe sans arrêt devant, mais je vois jamais personne y entrer ou en sortir. Ça lui rapporte quelque chose ?

– Elle a le coup d'œil et le sens des affaires. Le loyer n'est pas donné, et il y a des mois où elle n'arrive pas à le payer, mais de temps en temps elle repère un truc qu'elle achète une bouchée de pain dans une brocante et elle le revend à prix d'or. Elle pourrait sans doute faire la même chose sur eBay sans être obligée de payer un loyer, mais elle aime bien avoir sa boutique, c'est même pour ça qu'elle l'a ouverte. Et moi, quand j'en ai marre de faire de longues balades ou de regarder ESPN, je peux aller m'installer derrière le comptoir.

– Ah bon, tu fais ça ?

– Ça m'arrive.

– Tu t'y connais là-dedans ?

– Je sais enregistrer une vente et me faire régler par carte de crédit. Je sais quand dire aux gens de revenir voir la propriétaire. Je sais repérer quelqu'un qui envisage de commettre un vol à l'étalage ou un braquage et je sais comment l'en dissuader. En général, je suis capable de détecter quand on essaie de me fourguer des articles volés. C'est à peu près tout ce qu'il faut savoir pour exercer ce métier.

– J'imagine que tu n'as pas besoin d'équipier dans ton boulot de privé.

– Non, mais si tu me l'avais demandé il y a cinq ans...

Cinq ans plus tôt j'aurais répondu «non», mais il m'aurait fallu le formuler autrement.

Nous commandâmes des cafés, il se cala sur son siège et balaya la pièce du regard. Je le sentais tout à la fois déçu et soulagé, ce qui aurait été à peu près mon cas en pareilles circonstances. Je me trouvais d'ailleurs plus ou moins dans le même état d'esprit. Je ne voulais surtout pas faire équipe avec quelqu'un, mais il y a dans ce genre de proposition quelque chose qui donne envie de l'accepter. On se dit que c'est un remède à la solitude. Quantité d'associations bancales démarrent comme ça, et pas mal de mariages malheureux aussi.

Les cafés arrivèrent, nous parlâmes d'autre chose. La criminalité continuait à baisser, et ni l'un ni l'autre nous ne comprenions pourquoi.

– Il y a un crétin dans le corps législatif de l'État de New York qui s'en attribue le mérite, dit-il, parce qu'il a contribué à faire voter le rétablissement de la peine de mort. Ce qui est un peu fort de café : dans l'État de New York, chaque fois que quelqu'un succombe à une injection, c'est parce qu'il s'est acheté un képa d'héro coupée avec de la mort-aux-rats. Il y a bien des mecs dans le couloir de la mort au nord de l'État, mais ils mourront de vieillesse avant d'avoir droit à la fameuse piquouze.

– Tu crois que c'est une peine dissuasive ?

– Je crois que ça dissuade vraiment de recommencer... À vrai dire, je pense que tout le monde se fout que ce soit dissuasif ou non. Il y a tout simplement des mecs dont on préfère qu'ils ne respirent pas le même air que nous. Des gens qui devraient être morts. Les terroristes, ceux qui tuent des masses de gens. Les tueurs en série. Les salauds de pervers qui assassinent des enfants. Tu peux m'expliquer que ce sont des malades, qu'ils ont eux-mêmes subi des sévices dans leur enfance, etc., je suis d'accord avec toi, mais au fond je m'en fous. Qu'ils crèvent. Moi, je les préfère morts.

– Ce n'est pas moi qui te dirai le contraire.

– Il y en a un qui doit y passer, vendredi en huit. Pas ici, non, personne n'y a droit dans cet État à la con. En Virginie… c'est le fils de pute qui a buté les trois petits garçons. Ça remonte à quatre-cinq ans. J'ai oublié son nom.

– Je vois de qui tu parles.

– Le seul argument que j'accepte d'écouter, c'est qu'on risque d'exécuter un innocent. Et ça doit certainement arriver, j'imagine. Mais ce mec-là… Tu te souviens de l'affaire ? Claire comme de l'eau de roche.

– C'est ce que j'ai cru comprendre.

– Il s'est envoyé les gamins, reprit-il, et après il les a torturés et s'est gardé des souvenirs. Les flics disposaient d'assez de preuves matérielles pour le faire condamner cent fois. Vendredi de la semaine prochaine, il y aura droit, à la piquouze. Moi, j'effectuerai mon dernier jour en tant que flic. Bref, je rentre chez moi, je me sers un verre et, quelque part en Virginie, on va lui injecter sa dose, à cet enculé. Tu sais quoi ? Moi, ça me fait plus plaisir que de recevoir une montre en or.

# 2

Au départ, il avait suggéré d'aller manger à sept heures, mais j'avais avancé le rendez-vous à six heures et demie. Quand la serveuse nous apporta la note, il s'en saisit en me rappelant que c'était lui qui avait eu l'idée du dîner.

– En plus, dit-il, je ne serai plus en service d'ici quelques jours. J'ai intérêt à m'entraîner à régler la note.

Depuis le temps que je le connaissais, c'était toujours moi qui me coltinais l'addition.

– Si tu veux, reprit-il, on peut aller ailleurs. Comme ça, tu pourras nous payer à boire. Ou alors un dessert, ou du café.

– Je dois aller quelque part.

– Ah c'est vrai, tu l'as dit quand on a pris rendez-vous. Tu sors en ville avec ta petite femme ?

Je fis signe que non.

– Ce soir, elle dîne avec une copine. Et moi, faut que j'aille à une réunion.

– Tu y vas toujours ?

– Pas aussi souvent qu'avant, mais une fois ou deux par semaine.

– Tu pourrais sauter une soirée…

– Oui, et je le ferais bien, mais le type qui anime la réunion est un copain et c'est moi qui me suis débrouillé pour que ce soit lui qui intervienne ce soir.

– Si bien que tu es pratiquement tenu d'y aller. C'est qui, ce mec ? Quelqu'un que je connais ?

– Non, c'est rien qu'un pochetron.

– Ça doit être sympa de pouvoir assister à des réunions.

Ça l'est, même si ce n'est pas la raison pour laquelle j'y vais.

– Ce qu'ils devraient organiser, reprit-il, ce sont des réunions destinées à des types qui picolent un peu et n'ont aucune raison de s'arrêter.

– En voilà, une idée géniale, Joe !

– Tu crois ?

– Absolument. On pourrait aussi ne pas être obligé d'aller dans le sous-sol des églises. Et organiser les réunions dans un bistrot.

– « Je m'appelle Joe, lança-t-il, et je suis à la retraite… »

La réunion se déroulait là où se retrouve le groupe de mon quartier, à l'église Saint-Paul, et j'y arrivai de bonne heure. Cela me permit d'ouvrir la séance, de lire le Préambule des Alcooliques anonymes et de présenter l'intervenant.

– Je m'appelle Ray, dit ce dernier, et je suis alcoolique.

Moyennant quoi il consacra un quart d'heure-vingt minutes à faire ce que nous faisons tous : raconter son histoire, comment ça se passait jadis, ce qui était arrivé, et ce qu'il en est maintenant.

Joe m'avait demandé si celui qui s'exprimait était quelqu'un qu'il connaissait et j'avais évité de lui répondre directement. S'il ne le connaissait pas personnellement, il connaissait certainement Ray Gruliow de réputation et aurait reconnu son visage allongé, à la Lincoln, et sa voix chaude et éraillée. « Ray le Coriace », comme on le surnommait, était un avocat pénaliste qui avait gagné ses galons en représentant les gauchistes et les marginaux : il prenait la défense de ces accusés les moins aimés du pays et faisait le procès du système. La police le détestait et presque tout le monde était persuadé que c'était un flic qui, quelques années plus tôt, avait tiré deux balles dans la fenêtre de sa maison de Commerce Street. (Il n'y avait pas eu de blessés et pour lui, avec toute la pub que ça lui avait donnée, ç'avait été une aubaine. « Si j'avais su que ç'aurait un tel retentissement, m'avait-il confié, je m'en serais peut-être chargé moi-même. »)

Je l'avais rencontré en mai, lors du gueuleton annuel organisé au Club des trente et un. La soirée avait été agréable, nous n'avions perdu aucun membre depuis la réunion de l'année précédente et, vers la fin de la soirée, j'avais dit à Ray que je l'inscrivais comme celui qui interviendrait un mercredi sur deux à Saint-Paul et lui avais demandé quand exactement il voulait commencer.

Il y avait de quarante à cinquante personnes présentes ce soir-là et la moitié d'entre elles au moins ont dû le reconnaître, mais chez nous la règle veut qu'on protège l'anonymat des participants. Au cours de la discussion qui suivit son intervention, personne ne laissa voir qu'il en savait plus sur lui que ce qu'il avait lui-même raconté. « Devine un peu qui j'ai entendu parler hier soir à Saint-Paul ? », demanderaient-ils peut-être à d'autres personnes participant à d'autres réunions, car on est enclin à agir ainsi, même si en principe on ne devrait pas. Mais on n'en parle pas aux copains qui ne suivent pas ce programme, et je n'en avais rien dit à Joe Durkin, de même que, ce qui est peut-être plus important, on refuse que cela ait une incidence sur les échanges qui s'établissent entre nous dans ces lieux. On s'intéresse autant à Paul T., qui le midi va livrer des repas pour le compte du traiteur de la 57e rue, qu'à

Abie, qui, lui, effectue des travaux ésotériques sur ses ordinateurs, et on leur témoigne autant de respect qu'à M. Raymond F. Gruliow. Peut-être même davantage, car cela fait plus longtemps qu'ils ont arrêté de picoler.

Les réunions prennent fin à dix heures et certains d'entre nous se retrouvent d'ordinaire au Flame, une cafète de la Neuvième Avenue située presque en face de la rue où se trouvait au départ le bistrot de Jimmy. Ce coup-ci nous étions sept installés à la grande table d'angle. À l'heure qu'il est, dans ces réunions, je suis souvent celui qui est resté le plus longtemps sans consommer d'alcool, ce qui risque d'arriver à tout un chacun qui ne boit pas et n'en meurt pas. Mais ce soir-là il y avait à notre table deux types restés parfaitement sobres plusieurs années de plus que moi, l'un d'eux, Bill D., ayant probablement assisté à la première réunion à laquelle j'ai participé. (Je ne garde pas de souvenir de lui ce soir-là, n'ayant moi-même eu que vaguement conscience d'avoir été présent.) Il prenait la parole assez régulièrement lors des réunions et j'ai toujours aimé ce qu'il disait. Je lui aurais peut-être même demandé de me parrainer si Jim Faber ne m'était apparu comme le personnage tout désigné pour jouer ce rôle. Par la suite, après l'assassinat de Jim, je décidai que si jamais j'éprouvais le besoin d'être parrainé je m'adresserais à Bill. Mais jusque-là ça n'avait pas été le cas.

Pour le moment il ne s'exprimait guère, même s'il assistait toujours à autant de réunions. Il était grand et filiforme, avec quelques cheveux blancs. Parmi les nouveaux membres il y en avait qui l'appelaient «William le Taiseux». Ce qualificatif ne s'appliquerait jamais à Pat, un petit râblé qui est resté sobre depuis aussi longtemps que lui. Assez sympa, comme type, seulement trop bavard.

Bill avait pris sa retraite après avoir été machiniste pendant cinquante ans. Il avait sans doute vu plus de pièces à Broadway que n'importe qui de ma connaissance. Pat, qui était également retraité, avait, lui, travaillé dans le centre de New York, au sein d'une des administrations qui avaient élu domicile à la mairie. Je n'ai jamais trop su dans quel service il travaillait ni ce qu'il y fabriquait, toujours est-il qu'il avait décroché depuis quatre ou cinq ans.

Johnny Sidewalls avait été employé dans le bâtiment, jusqu'à ce qu'un accident du travail le laisse avec deux jambes esquintées et une pension d'invalidité. Il se déplaçait avec des cannes et travaillait chez lui, où il animait une société de vente par correspondance sur Internet. Lorsque, quelques années plus tôt, il débarquait à Saint-Paul, Fireside et autres réunions de quartier, il faisait la gueule et avait l'air de ruminer – mais avec le temps ça s'était arrangé. Comme Bill, c'était un mec du coin : il avait passé toute sa vie à Hell's Kitchen et San Juan Hill ou dans les parages. Je ne sais pas pourquoi on l'appelait Johnny Flanc-de-pneu ; à mon avis il se peut qu'on l'ait surnommé ainsi avant qu'il arrête de boire. Quand on s'appelle John, il est presque inévitable d'avoir droit à un sobriquet, mais personne n'a l'air de savoir d'où lui vient celui-ci.

En revanche, quand on s'appelle Abie, nul besoin d'avoir de surnom ou de paraphe. Abie – le diminutif d'Abraham, j'imagine, mais il s'était toujours présenté sous ce nom et il vous corrigeait si vous le raccourcissiez en Abe – ne buvait plus depuis dix ans et des poussières, mais était nouveau venu à New York. Il avait décroché de l'alcool dans l'Oregon, puis avait déménagé en Californie du Nord. Il s'était installé à New York depuis quelques mois et avait commencé à assister aux réunions de Saint-Paul, ainsi qu'à deux ou trois autres dans le West Side. Âgé de quarante-quarante-cinq ans, il mesurait dans les un mètre soixante-dix, était de corpulence moyenne et avait un visage lisse, dont il était difficile de se souvenir quand on ne l'avait pas en face de soi. Pas de traits marquants auxquels la mémoire puisse se raccrocher.

J'avais l'impression que sa personnalité était à l'avenant. Je l'avais écouté lors d'une réunion de midi qui se tenait à l'angle de la 63e rue. Il y avait donné des gages de sobriété, mais de son histoire avec l'alcool je me rappelais seulement qu'autrefois il buvait mais plus maintenant… Il ne prenait pas souvent la parole et, quand il le faisait, il se montrait assez irréprochable et insipide. Question de style, sans doute. Les interventions ont tendance à être moins intimes et plus à cheval sur la procédure dans les réunions organisées au sein des petites villes, et c'était ce dont il avait l'habitude.

Au cours d'une des premières réunions auxquelles j'ai participé, une lesbienne expliqua qu'elle s'était rendu compte que la boisson pouvait lui poser des problèmes lorsqu'elle avait remarqué qu'il lui arrivait souvent de reprendre connaissance à quatre pattes… une bite dans la bouche… «Je ne fais jamais ça quand je suis à jeun», nous avait-elle précisé.

Quelque chose me dit qu'Abie n'avait jamais eu l'occasion d'entendre un truc pareil à Dogbane, Oregon…

Herb, lui, venait depuis à peu près aussi longtemps qu'Abie et avait bouclé sa période de quatre-vingt-dix jours il y a juste une semaine. C'est là une espèce de repère. On ne peut pas diriger une réunion ou accepter une mission d'entraide tant qu'on n'est pas resté trois mois sans boire. Herb avait donné des gages d'abstinence lors d'une réunion qui s'était tenue pendant la journée. Je n'y avais pas participé, mais j'aurais probablement l'occasion, tôt ou tard, d'apprendre son histoire. Grassouillet et guetté par la calvitie, il avait dans la cinquantaine et était animé de l'enthousiasme presque puéril qui caractérise certains membres des AA au début de leur abstinence.

Il n'en avait pas été de même pour moi ; mais cela ne m'avait pas non plus rempli d'amertume comme Johnny. Jim Faber, qui m'avait regardé évoluer, m'avait expliqué un jour que j'étais à la fois tenace et fataliste ; j'étais convaincu que je me remettrais à boire mais tout aussi décidé à ne pas le faire. Personnellement, je ne pourrais pas vous dire comment j'étais. Je me rappelle seulement m'être traîné d'une réunion à une autre, redoutant à la fois que ça marche et que ça ne marche pas…

Je ne sais plus qui a abordé la question de la peine capitale. Quelqu'un l'a fait, et quelqu'un d'autre a aussitôt sorti une remarque classique, puis Johnny Sidewalls s'est adressé à Ray :

– J'imagine que vous êtes contre, lui a-t-il lancé.

Ray aurait pu montrer un certain agacement, mais non. Ce n'était là qu'une observation : Ray étant ce qu'il était, il ne pouvait qu'être opposé à la peine capitale.

– S'agissant de mes clients, je suis contre, a-t-il répondu.

– Ben, vous ne pourriez pas faire autrement, hein ?

– Évidemment. Je suis contre n'importe quelle peine existante lorsqu'il s'agit de mes clients.

– Ils sont tous innocents, ai-je remarqué, ironique.

– Innocents, c'est pousser un peu. Je m'en tiendrai à non coupables… Je me suis coltiné quelques affaires où il y avait une peine de mort à la clé. Je n'en ai jamais perdu une, et il y en avait où l'on risquait vraiment d'infliger la peine capitale. Dès que le client court le moindre risque de passer à la chaise électrique, ça aide terriblement l'avocat à se concentrer. «Passer à la chaise électrique...» Voilà qui montre bien que je ne suis plus tout jeune! Il n'y a plus de chaise électrique. Maintenant, on vous demande de vous coucher; en fait, on insiste vraiment pour que vous le fassiez. On vous attache à un lit chirurgical et ça devient un acte médical. Et vous avez encore moins de chances de vous en tirer que lors d'une opération normale.

– Moi, ce qui m'a toujours plu, reprit Bill, c'est le tampon d'alcool.

Ray hocha la tête.

– Il ne faudrait quand même pas risquer d'attraper une infection aux staphylocoques... On se demande bien quel Dr Mengele des temps modernes a pensé à ça! Si je suis contre la peine de mort? Eh bien, en dehors du fait qu'on n'arrive pas à prouver qu'elle ait un effet dissuasif et qu'examiner les appels et procéder à une exécution coûte nettement plus cher que de loger et nourrir le salopard jusqu'à la fin de ses jours, c'est quelque chose de barbare qui nous ravale au même niveau que la Chine et les dictatures musulmanes, et qui, de plus, à la différence de la pluie qui arrose indifféremment les justes et les injustes, frappe exclusivement les pauvres et les déshérités. Par ailleurs, il est regrettable qu'on s'emmêle parfois les crayons et qu'on exécute celle ou celui qu'il ne fallait pas. Il n'y a pas si longtemps personne n'avait entendu parler d'ADN, et maintenant on voit annuler une foule de condamnations. Qui sait quels progrès fera bientôt la médecine légale, et dans quel pourcentage les pauvres bougres que le Texas s'emploie à tuer se révéleront innocents!

– Ce serait affreux, dit Herb. Imaginez un peu que vous sachiez que vous n'avez rien fait, et qu'il soit absolument impossible d'empêcher que ça vous arrive...

– Des gens qui meurent sans aucune raison, il y en a constamment, lui objecta Pat.

– Mais ce ne sont pas la justice et le pouvoir qui en sont responsables. Ce n'est pas tout à fait pareil.

– Sauf que parfois il n'y a pas d'autre réponse adaptée que la mort. Les terroristes, par exemple. Qu'est-ce que vous voulez en faire ?

– Les fusiller d'entrée de jeu, répondit Ray. Sinon, les pendre, ces fumiers.

– Mais si vous êtes contre la peine de mort…

– Vous m'avez demandé ce que je ferais, pas ce que je crois être juste. Quand il s'agit de terroristes, issus de chez nous ou venus de l'étranger, je m'en fous, moi, de ce qui est juste. Moi, je les pendrais, ces enfoirés.

Cela déboucha sur une discussion animée, à laquelle je ne prêtai guère attention. Dans l'ensemble, j'aime bien être avec mes camarades alcooliques abstinents, mais je dois dire que je les apprécie moins lorsqu'ils parlent politique, philosophie ou de ce qui ne nous concerne pas directement.

Plus les débats devenaient abstraits, moins ça m'intéressait, jusqu'au moment où je dressai tout de même l'oreille lorsque Abie demanda :

– Et Applewhite, hein ? Preston Applewhite de Richmond, en Virginie ? Il a tué les trois petits garçons et on a prévu de l'exécuter dans le courant de la semaine prochaine.

– Vendredi, précisai-je.

Ray me regarda.

– J'en ai déjà entendu parler tout à l'heure, lui expliquai-je. Je suppose que les preuves sont indiscutables.

– Accablantes. Et puis vous savez que ceux qui commettent des meurtres à caractère sexuel recommenceront à la première occasion. Il n'y a pas moyen de les amender.

– Eh bien, si la condamnation à perpétuité sans possibilité de remise en liberté conditionnelle excluait effectivement toute remise en liberté conditionnelle…

Je décrochai de nouveau. Preston Applewhite – je n'avais pas vraiment suivi cette affaire à l'époque et j'étais incapable de me prononcer sur son innocence ou sur sa culpabilité – s'était glissé sans le vouloir dans deux discussions différentes. Je l'avais bien remarqué, mais maintenant je pouvais l'oublier.


– J'ai pris le petit déjeuner irlandais, dis-je à Elaine. Avec le boudin, dont Joe raffole tant qu'il arrive à oublier avec quoi c'est fait.

– Il doit sans doute en exister une version casher et végétarienne à base de gluten. Ça t'a fait drôle d'aller là-bas ?

– Un peu, mais moins au fur et à mesure que la soirée avançait ; j'ai fini par m'habituer. Le menu n'est pas aussi intéressant que celui de Jimmy, mais ce que j'ai mangé n'était pas mal du tout.

– Difficile de bousiller un petit déjeuner irlandais…

– On ira un jour, que tu puisses te faire une idée. De l'endroit, s'entend… Je sais déjà ce que tu penserais du petit déjeuner irlandais. À ce propos… tu es rentrée bien tôt.

– Monica avait rendez-vous ce soir.

– Avec son inconnu ?

Elle fit signe que oui. Monica est sa meilleure amie, et les hommes de Monica ont un point commun : ils sont tous mariés. Au début, ça l'ennuyait qu'ils sautent de son lit pour monter dans le dernier train pour Upper Saddle River. Après, elle s'est aperçue qu'elle préférait ça. Plus de matin qui commence avec un coup d'haleine fétide en pleine gueule, et puis elle avait ses week-ends de libres. Elle n'était pas belle, la vie ?

En général, elle les exhibait, ses petits copains mariés.

Il y en avait qui jouaient les cadors, d'autres qui avaient l'air timorés, mais celui-là, il était probable que nous ne saurions pas à quoi il ressemblait ; il lui avait bien fait comprendre qu'il fallait garder le secret. Elle le fréquentait depuis plusieurs semaines et Elaine, à qui elle se confiait en tout, n'avait pas réussi à apprendre quoi que ce soit sur lui, hormis qu'il était très intelligent et, tiens donc, très secret...

— On ne les voit jamais ensemble en public, m'expliqua-t-elle. Même pas pour s'offrir un petit dîner sympa dans un petit bistrot sympa. Elle ne peut pas le joindre, que ce soit au téléphone ou par e-mail, et quand il l'appelle ça reste bref et sibyllin. Il ne donne pas son nom au téléphone et ne veut même pas qu'elle le prononce. Elle n'est même pas sûre qu'il se soit présenté à elle sous sa véritable identité ; que, de toute façon, elle ne me dira pas.

— Le secret a l'air de l'exciter.

— Oh, il n'y a pas de doute. C'est agaçant, car elle aimerait bien parler de lui, mais en même temps ça lui plaît de ne pas pouvoir. Et comme elle ne sait ni qui il est ni ce qu'il fabrique, elle n'arrive pas à le situer. C'est un peu comme s'il était l'agent secret d'un gouvernement, mais duquel au juste... ?

— Donc il lui téléphone, il vient et ils s'envoient en l'air. Ça s'arrête là ?

— D'après elle, ça ne se limite pas au sexe.

— Ils regardent *Jeopardy* ensemble ?

— Je parie qu'il connaît toutes les réponses.

— Tout le monde les connaît, les réponses.

— Ah, c'est malin, ça. Non, les questions. Il connaît toutes les questions. Parce qu'il est super intelligent.

— Dommage qu'on ne puisse pas le rencontrer, soupirai-je. Il n'a pas l'air triste...

# 3

L'établissement pénitentiaire de Greensville se trouve juste à l'extérieur de Jarrat, Virginie, à une heure de route de Richmond. Il s'arrête devant la loge, baisse sa vitre, présente au gardien son permis de conduire ainsi que la lettre destinée au directeur. Sa voiture, une Ford Victoria blanche équipée d'un toit ouvrant, est impeccable ; il a passé la nuit à Richmond et ce matin-là, avant de partir, il l'a conduite dans une station de lavage. Il s'agit d'un véhicule de location ; il n'a pas accumulé trop de saleté en quelques centaines de kilomètres sur la grande route, mais il aime bien avoir une voiture propre et ça, depuis longtemps. Toujours laver sa voiture, se peigner les cheveux, cirer ses chaussures, aime-t-il dire, car la première impression est toujours déterminante.

Il se gare à l'endroit que lui indique le gardien, soit à une trentaine de mètres de l'entrée. Au-dessus de celle-ci, un fronton barré d'une inscription : ÉTABLISSEMENT PÉNITENTIAIRE DE GREENSVILLE. Ce bâtiment, faut-il le préciser, ne pourrait guère être autre chose : massif et rectiligne, il dit la réclusion et le châtiment.

Il y a une mallette sur le siège à côté de lui, mais il a résolu de ne pas entrer avec, afin de ne pas devoir l'ouvrir à tout bout de champ. Il en sort un petit carnet à spirale. Ça l'étonnerait qu'il lui faille prendre des notes, mais l'accessoire est utile.

*Avant de descendre de voiture, il se regarde dans le rétroviseur. Ajuste son nœud de cravate et se lisse la moustache. Essaie deux ou trois expressions, opte pour un petit sourire triste.*

*Puis il ferme la voiture à clé. Pas vraiment indispensable, l'éventualité que quelqu'un s'introduise dans un véhicule garé sur le parking d'une prison à l'ombre même de la tour de surveillance lui paraît quasiment nulle. Mais il ferme toujours sa voiture à clé quand il s'en va. Si l'on procède ainsi, elle ne sera jamais autrement que verrouillée. Si l'on est toujours en avance, ou ne sera jamais en retard.*

*Il aime bien ce genre de formules. Prononcées avec la conviction voulue, voire avec gravité, elles peuvent beaucoup impressionner. Si on les répète sans cesse, elles peuvent même avoir un effet quasi hypnotique.*

*Il traverse le parking à grands pas et se dirige vers l'entrée ; il est mince et porte un costume gris, une chemise blanche impeccable et une cravate unie de couleur argentée. Ses chaussures noires viennent d'être cirées et sur ses lèvres fines flotte son petit sourire triste.*

*Le directeur, un certain John Humphries, porte lui aussi un costume gris, mais la ressemblance s'arrête là. Il le domine de plusieurs centimètres et pèse de vingt à vingt-cinq kilos de plus. Il porte bien son poids et ressemble à un ancien athlète universitaire qui a perdu l'habitude de faire de la gymnastique.*

*La poignée de main est ferme et l'autorité indéniable.*

*– Professeur Bodinson, dit-il.*

*– Monsieur le directeur.*

*– Bon, Applewhite a accepté de vous rencontrer.*

*– J'en suis heureux.*

*– Personnellement, je ne saisis pas très bien pourquoi vous vous intéressez à lui…*

Il hoche la tête et se lisse la moustache avec le pouce et l'index.

– Je suis psychologue, répond-il.

– C'est ce que j'ai cru comprendre. Doctorat à Yale, licence à l'université de Virginie. J'étais moi-même à Charlottesville ; ça devait être avant vous.

A cinquante-trois ans, Humphries est de dix ans son aîné. Il connaît son âge, tout comme il sait qu'il avait passé sa licence à l'université de Virginie, située à Charlottesville. C'est merveilleux, Internet : on peut y trouver pratiquement tout ce qu'on a besoin de savoir, et c'est justement parce qu'il le savait qu'il a mentionné l'université de Virginie dans son CV.

– Les gens ont tendance à être impressionnés par Yale, déclare-t-il, mais si d'aventure j'arrive à quelque chose dans ce monde, ce sera grâce à ce que j'ai appris ici, en Virginie.

– Vraiment ?

Humphries le regarde et se montre, semble-t-il, un peu moins circonspect et plus respectueux.

– Vous êtes originaire de Virginie, vous aussi ?

– Fils de militaire. J'ai passé mon enfance un peu partout. À l'étranger pour l'essentiel. Ces quatre ans à Charlottesville représentent le séjour le plus long que j'aie jamais effectué au même endroit.

Ils évoquent brièvement leur ancienne fac – il s'avère ainsi qu'ils appartenaient chacun à des confréries rivales, bien qu'amies. Il avait d'abord pensé se présenter comme un membre de la Sigma Chi, puis estimé qu'il ne fallait pas charrier. Il s'était donc choisi une autre maison communautaire, deux portes plus loin.

Ils finissent de parler des liens qu'ils ont noués chacun de leur côté dans leur ancienne fac, puis il lui explique pourquoi il s'intéresse à Preston Applewhite.

*Cet entretien, lui dit-il, sera réalisé dans le cadre d'une étude approfondie sur les criminels qui se proclament innocents alors que tout prouve le contraire. Il lui précise qu'il s'intéresse tout particulièrement aux meurtriers qui risquent la peine de mort et qui soutiennent mordicus qu'ils ne sont pas coupables, cela jusqu'au moment de leur exécution.*

*Pensif, Humphries l'écoute en fronçant les sourcils.*

*– Dans votre lettre à Applewhite, vous indiquez que vous le croyez.*

*– J'essayais d'en donner l'impression.*

*– Comment ça, professeur ? Vous pensez qu'il est innocent ?*

*– Absolument pas.*

*– Les preuves présentées lors du procès...*

*– Étaient accablantes et décisives, oui. Elles ont convaincu le jury, et à juste titre.*

*– Je dois reconnaître que je suis soulagé de vous l'entendre dire. Mais je ne suis pas certain de comprendre pourquoi vous avez suggéré le contraire à Applewhite.*

*– C'est sans doute contestable sur le plan déontologique, dit-il en se lissant la moustache. Je me suis aperçu que pour que les hommes avec qui j'ai besoin d'avoir un entretien me fassent confiance et se montrent coopératifs, il faut que je leur apporte quelque chose. Je ne suis pas disposé à leur donner de l'espoir ou quoi que ce soit de tangible. Mais il me semble possible de leur laisser penser que je crois à la véracité de leurs protestations d'innocence. Il leur est plus facile de s'épancher devant quelqu'un de compréhensif, et ça peut même leur faire du bien.*

*– Comment voyez-vous ça ?*

*– Si je crois à l'histoire d'un type, il lui est d'autant plus facile d'y croire lui-même.*

*– Mais ce n'est pas le cas. Je veux dire... vous ne croyez pas à...*

*Il fait non de la tête.*

– *Si j'avais le moindre doute sur la culpabilité d'un homme, il ne figurerait pas dans mon étude. Je ne réalise pas une enquête sur ceux qui ont été accusés à tort. Ceux qui m'intéressent ont été accusés à juste titre, reconnus coupables à juste titre et, je dois dire, condamnés à mort à juste titre.*

– *Vous n'êtes pas opposé à la peine capitale ?*

– *Pas du tout. Je pense qu'elle est indispensable pour maintenir l'ordre social.*

– *Oui, bon, j'aimerais partager votre conviction… Je ne vous désapprouve pas, mais je suis malheureusement en état de voir les deux facettes du problème.*

– *Ce qui ne doit pas vous simplifier la tâche.*

– *Non, en effet. Mais c'est le métier qui veut ça, et ce n'en est qu'une petite partie, même si j'y consacre plus de temps et de réflexion que ça ne mérite. Or j'aime mon boulot, et j'aime croire que je le fais bien.*

*Il laisse Humphries parler de son travail, des soucis qu'il lui cause et des satisfactions qu'il en retire, tandis que lui-même prodigue hochements de tête, réactions et mimiques entendues pour l'amener à se confier. Il n'y a pas de presse. Preston Applewhite ne va pas s'échapper, pas avant vendredi, quand il sera temps de lui enfoncer une aiguille dans le bras et de l'envoyer là où tout le monde s'en va…*

– *Bon, je n'avais pas l'intention de m'embringuer là-dedans, déclare en fin de compte Humphries. Je me demandais comment vous vous débrouilleriez pour qu'Applewhite accepte de vous parler. Mais je ne crois pas que vous aurez du mal à le faire sortir de sa coquille. Il n'y a qu'à voir comment vous avez réussi avec moi, et vous n'essayiez même pas.*

– *Ce que vous disiez m'intéressait.*

*Humphries se penche en avant et pose les mains sur son sous-main.*

*– Quand vous lui parlerez, reprend-il, vous n'allez pas lui donner de faux espoirs, au moins ?*

*Des faux espoirs ? Comme s'il en existait dans ce lieu !*

*Ce qui ne l'empêche pas de répondre :*

*– Je ne m'intéresse qu'à une chose : ce qu'il a à dire. De mon côté, je ferai de mon mieux pour l'aider à surmonter l'invraisemblable contradiction de sa situation.*

*– À savoir ?*

*– Qu'on va le mettre à mort dans quelques jours et qu'il est innocent.*

*– Mais vous n'y croyez pas, à son innocence ! Ah, je vois ! Son innocence, c'est quelque chose à quoi vous affectez de croire l'un et l'autre.*

*– Moi, je joue la comédie. Lui, il se peut très bien qu'il y croie.*

*– Oh ?*

*Il se penche en avant et joint les mains, imitant à dessein la gestuelle du directeur de prison.*

*– Parmi les hommes que j'ai interrogés, certains n'hésitent pas à reconnaître, clin d'œil, hochement de tête ou petit laïus à l'appui, qu'ils ont commis les actes pour lesquels on les a condamnés à mort. Mais ils ne représentent qu'une petite minorité. Les autres, sans doute la majorité, savent qu'ils sont coupables. Je le vois dans leurs regards, je l'entends dans leur voix et je le lis sur leurs visages, mais ils refusent de l'admettre devant moi ou qui que ce soit. Ils ne veulent pas en démordre, en attendant que l'on sursoie à l'exécution sur décision de la Cour suprême, ou bien que le gouverneur appelle* in extremis.

*– Le nôtre va chercher à se faire réélire à l'automne et Applewhite est l'individu le plus détesté en Virginie. Si l'on reçoit un coup de téléphone, ce sera pour le médecin... pour lui souhaiter de trouver une bonne veine...*

*Réflexion qui doit, semble-t-il, déclencher chez lui le petit sourire triste. Chose faite.*

– Mais ce dont j'ai fini par me rendre compte, reprend-il, c'est qu'une minorité importante de condamnés se croient sincèrement innocents. Non pas qu'ils ont agi de façon légitime, que c'était la faute de leur victime ou que c'est le diable qui les a manipulés. Non, pour eux, ils n'ont rien fait du tout. Ce doit être un coup monté par les flics ; on a dû cacher des preuves chez eux pour les compromettre et si seulement on arrivait à retrouver le véritable meurtrier, tout le monde reconnaîtrait qu'ils n'ont pas cessé d'être innocents.

– Cet établissement abrite trois mille détenus, déclare Humphries, et je ne sais pas combien d'entre eux ont commis des crimes dont ils n'ont pas gardé souvenir. Ils ont eu un passage à vide, provoqué par la drogue ou l'alcool. Ils ne nient pas forcément avoir agi ainsi ; simplement, ils ne s'en souviennent pas. Mais ce n'est pas là où vous voulez en venir, si ?

– Non. Il y a des cas, en particulier dans les crimes à caractère sexuel du type Applewhite, où l'auteur se trouve dans un état second lorsqu'il accomplit son forfait. Mais cela ne l'empêche pas, en général, d'avoir conscience de ses actes. Non, le phénomène dont je parle survient après coup, et ce sont là des gens qui s'illusionnent.

– Ah bon ?

– Je vais me mettre un instant à la place d'Applewhite. Imaginons que j'aie tué trois petits garçons en l'espace de… combien ? Deux mois ?

– Je crois.

– Je les ai enlevés l'un après l'autre, je les ai sodomisés de force, je les ai torturés, je les ai tués, j'ai caché leur corps et fait disparaître les preuves des meurtres. Ou j'ai trouvé le moyen de m'arranger avec ma conscience ou j'étais au départ suffisamment détraqué et en marge de la société pour ne pas m'encombrer d'une conscience.

– J'ai grandi en étant certain que tout le monde en avait une, dit Humphries. C'est une illusion qu'on perd vite dans ce métier…

– Ces gens sont sains d'esprit. Il leur manque seulement une case. Ils sont capables de faire la différence entre le bien et le mal, mais ils n'ont pas l'impression que ça les concerne. Pour eux, la question n'est pas là.

– Et ils peuvent se montrer tout à fait charmants.

Il acquiesce d'un hochement de tête.

– Ils sont aussi capables d'agir de façon normale et très convaincante. La conscience, ils savent ce que c'est, l'idée même de conscience leur parle si bien qu'ils peuvent se comporter comme s'ils en avaient une.

Il se fend d'un sourire triste.

– Bien. Et donc, j'ai tué ces petits garçons, ce qui ne me gêne absolument pas, seulement je me suis fait prendre, on m'a arrêté, et il se trouve qu'une foule de preuves attestent ma culpabilité. Je suis en cellule, les médias me dépeignent comme le scélérat le plus abominable du siècle, et je ne peux que protester de mon innocence.

« Et c'est ce que je fais, enchaîne-t-il avec une force de conviction accrue. Il ne me suffit pas d'insister sur mon innocence, il faut que, ce faisant, j'en sois totalement persuadé, car comment vais-je en convaincre quelqu'un si je n'en suis pas moi-même convaincu ? Et comment me montrer plus convaincant qu'en croyant moi-même à ce que j'affirme ?

– Autrement dit, vous en venez à croire à vos propres mensonges.

– Apparemment, c'est bien ce qui se passe. Je ne suis pas certain de comprendre exactement comment

41

*ça fonctionne, mais c'est comme ça que ça se mani-*
*feste.*

*– On dirait presque de l'autohypnose.*

*– Sauf que l'autohypnose est en général un proces-*
*sus conscient, alors que ce que je vous ai décrit reste*
*dans une large mesure inconscient. Il n'en intervient*
*pas moins, sans aucun doute, une part d'autohypnose,*
*ainsi que le refus de se rendre à l'évidence. « Je n'au-*
*rais pas été capable de faire ça, donc je ne l'ai pas*
*fait. » La réalité psychologique estompe la réalité*
*concrète.*

*– Fascinant. Vous me faites regretter de ne pas avoir*
*suivi davantage de cours de psycho.*

*– Disons que vous êtes en train d'en prendre un, et*
*intensif, sur votre lieu de travail.*

*– Je suis un administrateur, le directeur de produc-*
*tion d'une usine. Mon travail consiste à veiller à ce que*
*la chaîne ne s'arrête pas et à régler les problèmes au*
*fur et à mesure qu'ils se posent. Mais vous avez raison :*
*c'est un cours intensif sur les subtilités de la psycholo-*
*gie humaine. Vous savez, si Applewhite est persuadé de*
*n'avoir rien fait...*

*– Ce que je n'ai pas établi, mais qui semble pro-*
*bable.*

*– Eh bien, ça signifie qu'il n'y aura pas d'aveu de*
*dernière minute.*

*– Comment pourrait-il y en avoir, si dans son esprit il*
*n'a rien à avouer ?*

*– Normalement, ça ne changerait rien, répond Hum-*
*phries, car n'importe comment il va avoir droit à la*
*piqûre, mais je pensais aux parents de ce petit garçon...*
*la première victime. Je ne me souviens plus de son nom,*
*mais je devrais. Je l'ai assez entendu comme ça...*

*– Jeffrey Willis, non ? Celui dont on n'a jamais*
*retrouvé le corps.*

*– Oui, bien sûr. Jeffrey Willis... Ses parents, Peg et*

Baldwin Willis, n'en dorment plus. Ils n'arrivent pas à en faire le deuil. Ce qu'il y a de bien avec la peine de mort, c'est qu'elle permet à la famille de la victime de le faire alors que ce n'est pas le cas avec une peine de réclusion à perpétuité. Cela dit, pour les Willis, ce ne sera jamais qu'un deuil partiel, car ils n'auront pas l'occasion d'enterrer leur fils.

– Et au fond d'eux-mêmes ils conserveront toujours le faible espoir qu'il soit vivant.

– Ils savent que ce n'est pas vrai, fait remarquer Humphries. Ils savent qu'il est mort et que c'est Applewhite qui l'a tué. Il y avait une enveloppe en papier kraft dans un tiroir fermé à clé du bureau de l'intéressé, enveloppe à l'intérieur de laquelle se trouvaient trois enveloppes en papier cristal renfermant chacune une boucle de cheveux. L'une d'elles provenait du petit Willis, les autres appartenant aux deux dernières victimes.

Il hoche la tête.

– Évidemment, ajoute Humphries, Applewhite a été incapable de donner la moindre explication. Et donc, évidemment, quelqu'un avait dû cacher ces trophées dans son bureau ! Évidemment, il ne les avait jamais vus auparavant…

– Il se peut qu'il le croie vraiment.

– Tout ce qu'on lui demande, tout ce qu'il lui reste à faire dans ce monde avant de le quitter, c'est de dire à ces pauvres gens où est enterré le corps de leur fils. Ça pourrait lui valoir un coup de téléphone du gouverneur, à tout le moins qu'on sursoie à l'exécution jusqu'à ce qu'on retrouve le corps. Mais s'il croit sincèrement qu'il n'y est pour rien…

– Il ne peut pas le reconnaître. Comme il ne pourrait pas localiser le corps parce qu'il ne se rappelle plus où il est.

– Si c'est ce qu'il croit, j'imagine qu'il n'y a rien à

espérer de ce côté-là. Mais si au contraire il joue la comédie et si on arrive à le convaincre qu'il serait dans son intérêt de nous livrer les restes de ce corps…

– Je vais voir ce que je peux faire.

## 4

La cellule est plus grande qu'il ne pensait, et aménagée avec plus de confort. Support encastré sur lequel est posé le matelas, bureau encastré aussi. Un téléviseur est accroché en haut du mur, hors d'atteinte, et, pointée dessus, une télécommande vissée au bureau. Une chaise en plastique moulé – blanche, empilable s'il y en avait une autre sur laquelle l'empiler – est le seul meuble non scellé à l'intérieur de la cellule. Après une timide poignée de main, Applewhite lui fait signe de prendre la chaise et s'assied sur le lit.

Preston Applewhite est bel homme, même si ses années de réclusion ne l'ont pas arrangé. Il a cinq ans de plus que lors de son arrestation et ces années ont été difficiles, abrutissantes. Elles ont arrondi ses larges épaules et lui ont voûté le dos. Elle ont semé un peu de gris dans ses cheveux d'un blond vénitien et ont creusé des rides verticales aux commissures de ses lèvres charnues. Ont-elles emporté un peu du bleu de ses yeux ? Peut-être, à moins que ce n'en soit pas la couleur mais l'expression qui se soit ternie. Le regard fixe se perd au loin, le regard vague se noie dans le flou et plonge dans les abysses…

Quand il parle, c'est d'une voix terne, monocorde.

– J'espère qu'il ne s'agit pas d'une ruse, professeur Bodinson. J'espère que vous ne travaillez pas pour les médias.

– *Absolument pas.*

– *J'ai décliné toutes leurs propositions. Je ne veux pas être interviewé, je ne veux pas avoir l'occasion de raconter mon histoire. Je n'ai pas d'histoire à raconter. Ma seule histoire, c'est que je suis innocent, que je vis un cauchemar, et ce n'est pas une histoire qu'on a envie d'entendre.*

– *Je ne travaille pas dans les médias.*

– *Ou pour les parents du petit garçon. Ils veulent savoir où leur fils est enterré pour pouvoir l'exhumer et procéder à un nouvel enterrement. Pour l'amour du ciel, vous ne croyez pas que je le leur dirais si je le savais ?*

– *Ils pensent que vous ne voulez pas reconnaître que vous le savez.*

– *Pourquoi ? Vendredi, on va m'injecter un cocktail de produits chimiques et le peu de vie qui me reste va s'éteindre. C'est ce qui va se passer, quoi que je fasse. Je ne le mérite pas, je n'ai fait de mal à personne, mais là n'est pas la question. Douze hommes et femmes ont examiné les preuves et ont conclu que j'étais coupable ; puis ils ont réfléchi et décidé que pour ça je méritais la mort et, dans un cas comme dans l'autre, je ne peux pas leur en vouloir. Enfin quoi, regardez les preuves…*

– *Oui.*

– *De la pornographie pédophile sur le disque dur de mon ordinateur… Des petites enveloppes renfermant des cheveux prélevés sur les garçons morts dans le tiroir de mon bureau… Un mouchoir ensanglanté découvert à l'endroit où ils ont été enterrés, et ce sang, c'est le mien… Il y avait même un fichier dans mon ordinateur, un récit obscène et minutieux d'un des meurtres, écrit à la troisième personne. Il avait été effacé, mais ils ont réussi à le récupérer, et seul un monstre pouvait l'avoir écrit. Il renfermait des détails du crime qui ne pouvaient être connus que de l'individu*

46

qui l'avait commis. Si j'avais fait partie de ce jury, je n'aurais pas hésité une seconde. On ne pouvait rendre qu'un verdict de culpabilité.

– Ils n'ont pas passé beaucoup de temps à délibérer.

– Ils n'en avaient pas besoin. J'ai lu un récit, un entretien avec un des jurés. Ils ont fait le tour de la pièce, tout le monde a déclaré que j'étais coupable. Puis ils ont discuté des preuves pour essayer de trouver le moyen d'en réfuter certaines et ils ont voté dans l'autre sens, à l'unanimité une fois de plus. Ils en ont discuté encore un peu, pour être absolument certains qu'ils étaient bien tous d'accord, et ils ont procédé au vote officiel. On a compté douze voix en faveur d'une condamnation, et aucune en faveur de l'acquittement ; il n'y avait donc aucune raison de perdre davantage de temps. Ils ont regagné la salle d'audience en file indienne et ont rendu leur verdict. Mon avocat a tenu à ce qu'on les interroge l'un après l'autre et, tous, ils ont dit la même chose, encore et encore. Coupable, coupable, coupable... Que voulait-il qu'ils disent d'autre ?

– Et sur le choix de la peine ?

– Mon avocat voulait changer mon histoire. Il ne m'a jamais cru, même s'il ne voulait pas le dire ouvertement. Bon, d'accord, pourquoi m'aurait-il cru ? Prendre mon histoire pour argent comptant aurait été une preuve d'incompétence de sa part.

– Il pensait que vous auriez plus de chances d'échapper à la peine de mort si vous reconnaissiez votre culpabilité.

– Ce qui est absurde, car de toute façon la sentence aurait été la même. Il voulait que j'exprime des remords. Des remords ! Quels remords peuvent correspondre à l'énormité de ces crimes ? Et comment pourrais-je exprimer des remords pour quelque chose que je n'ai pas fait ? C'est ce que je lui ai demandé, et il s'est contenté de me regarder. Il ne voulait pas me dire

47

ouvertement que je déconnais à pleins tubes, mais c'était ce qu'il pensait. Cela dit, il n'a pas insisté ; il savait que ça ne changerait rien. Les jurés n'ont pas mis plus de temps à opter pour la peine de mort qu'à rendre un verdict de culpabilité.

– Ça vous a surpris ?

– Ça m'a fait un choc. Plus tard, quand le juge a prononcé la sentence, ça m'a aussi fait un choc. Éprouver un choc, ce n'est pas la même chose qu'éprouver de la surprise.

– Non.

– Rien qu'à y penser… « Vous allez mourir… » Bon, tout le monde finit par mourir. Mais quand c'est quelqu'un assis là-bas qui vous l'annonce, eh bien, ça vous secoue.

– J'imagine.

– Des remords. Peut-on exprimer des remords par procuration ? Je ne risquais pas de regretter d'avoir tué ces petits garçons, puisque je n'y suis pour rien, mais je regrettais profondément que quelqu'un d'autre l'ait fait.

Il fronce les sourcils, une ride verticale se dessinant sur son front pour aller avec celles qu'il a aux commissures des lèvres.

– Il m'a dit que ça m'aiderait beaucoup de les aider à retrouver le troisième corps. Mais comment cela pourrait-il être, vu que je n'ai jamais posé les yeux sur le petit Willis et que je n'ai pas la moindre idée de l'endroit où il peut bien être ? Je pourrais le lui dire, à lui, a-t-il insisté, et de son côté il pourrait raconter que ça m'a échappé alors même que je soutenais toujours que j'étais innocent. À quoi j'ai répondu que je ne voyais pas la logique dans tout ça. Je me raccrocherais à un mensonge tout en reconnaissant que c'en était un. Il a tourné autour du pot, je lui ai expliqué que ça n'avait pas grande importance, vu que je ne pouvais pas racon-

48

ter ce que je ne savais pas. Au fond, je m'en fichais qu'on me croie, lui ou un autre. Ma femme ne m'a pas cru, elle n'arrivait même pas à me regarder. Elle a obtenu le divorce, vous savez.

– À ce qu'il paraît.

– Je ne l'ai pas revue, pas plus que mes enfants, depuis qu'on m'a placé en détention. Non, ce n'est pas exact. Je l'ai vue une fois. Elle est venue à la prison pour me demander comment j'avais pu faire une chose pareille. Je lui ai répondu que j'étais innocent et qu'elle devait me croire. Elle ne m'a pas cru et quelque chose est mort en moi. À partir de ce moment-là, ça n'avait plus guère d'importance que quelqu'un d'autre me croie ou pas.

Fascinant, absolument fascinant.

– Vous avez écrit que vous me croyiez.

– Oui.

– C'était, j'imagine, un moyen pour me faire accepter cette visite. Eh bien, ça a marché.

– Je suis heureux que ça m'ait permis d'être ici, répond-il, mais ce n'était pas un stratagème. Je sais que vous n'avez pas commis ces actes barbares.

– J'en viendrais presque à me dire que vous parlez sérieusement.

– Je parle très sérieusement.

– Mais comment est-ce possible ? Vous êtes un homme rationnel, un scientifique…

– Si la psychologie est une science, et il y en a qui prétendent le contraire.

– Qu'est-ce que ça peut être d'autre ?

– Un art. Qui s'apparente à la magie noire, selon certains. C'étaient eux, vous savez, qui voulaient décerner à Freud le prix Nobel, pas de médecine, non, de littérature… Assez équivoque, le compliment. Écoutez, Pres-

49

ton. J'aime à penser que ce que je fais a une base scientifique, mais… excusez-moi, vous ne voyez pas d'inconvénient à ce que je vous appelle Preston ?

– Ça ne me dérange pas.

– Et moi, je me prénomme Arne. A.R.N.E, avec l'orthographe scandinave, même si ça se prononce comme le diminutif d'Arnold. Des deux côtés, mes parents étaient anglais et irlando-écossais, je ne vois pas du tout pourquoi ils ont eu l'idée de me donner un prénom suédois. Mais là n'est pas la question, et je ne sais plus où j'en étais.

– Une base scientifique à votre activité professionnelle, disiez-vous…

– Oui, bien sûr.

Il n'a pas perdu le fil de ses idées, mais il constate avec plaisir qu'Applewhite l'écoute.

– Même la science pure recèle une part d'intuition. La plupart des découvertes scientifiques sont le fruit de l'intuition, d'un acte de foi qui ne doit pas grand-chose à la logique ou à la méthode scientifique. Je sais que vous êtes innocent. Je le sais de façon indubitable. Je ne peux pas m'expliquer ni vous dire comment je le sais, mais je le sais.

Il adresse à Applewhite une variante adoucie de son sourire triste.

– J'ai peur que vous deviez me croire sur parole, reprend-il.

Applewhite se contente de le regarder, le visage radouci, vulnérable. Et, spontanément, sans qu'on s'y attende, il lui coule des larmes sur les joues.

– Excusez-moi, je n'ai pas pleuré depuis… Bon sang, je n'ai pas la moindre idée d'à quand ça remonte. Une éternité.

– Vous n'avez aucune raison de vous excuser. C'est

50

*peut-être moi qui devrais vous présenter mes excuses.*

*— En quel honneur ? Parce que vous êtes le premier à me croire ? (Il pousse un petit rire.) Sauf que ce n'est pas tout à fait vrai. J'ai reçu, ces dernières années, des lettres d'une demi-douzaine de femmes, qui sont de tout cœur avec moi et veulent que je sache qu'elles m'apporteront un appui sans faille au moment où j'en aurai besoin. Il paraît que tous ceux qui se retrouvent dans le couloir de la mort reçoivent ce genre de lettres, et que plus les crimes qu'on a commis sont affreux et ont défrayé la chronique, plus ils reçoivent de courrier.*

*— C'est un phénomène curieux.*

*— Pour la plupart, elles envoient leur photo. Je ne les garde pas, pas plus que les lettres, d'ailleurs, et je n'ai jamais pensé leur répondre, mais deux d'entre elles ont quand même continué à m'écrire. Elles veulent me rendre visite, et il y en a une qui insiste lourdement. Elle veut m'épouser. Maintenant que mon divorce est prononcé, explique-t-elle, on peut se marier. Et d'après elle c'est mon droit, tel que le garantit la Constitution. Allez savoir pourquoi, ce droit, ça ne me tente pas beaucoup de l'exercer.*

*— Le contraire m'aurait étonné.*

*— Et je ne pense pas un instant qu'elle ou aucune autre croie à mon innocence. Parce qu'elles n'ont tout simplement pas envie d'avoir une histoire d'amour avec un pauvre connard qui va mourir sans raison. Elles veulent avoir une aventure, ou une liaison fantasmatique avec un homme qui incarne le mal. Elles veulent toutes être la femme désintéressée qui est capable de voir ce qu'il y a de bien dans cet être abominable, et s'il existe un risque que je leur torde le cou, ça met un peu de piment dans l'affaire.*

*Ils discutent encore un peu des lubies de l'être humain. Applewhite est intelligent, comme il l'escomptait, et doté d'un esprit logique et d'un vocabulaire étendu.*

– Redites-moi pourquoi vous êtes ici, Arne.

Il réfléchit un instant.

– Sans doute parce que vous correspondez aux critères de ce qui semble m'intéresser à l'heure actuelle.

– C'est-à-dire ?

– Il doit exister une expression plus appropriée, mais ce qui me vient à l'esprit, c'est « l'innocence condamnée ».

– L'innocence condamnée... Nous sommes les seuls sur terre, vous et moi, à croire que je suis innocent. Mais que je sois condamné, ça, personne n'en doute.

– Ce qui m'intéresse, dit-il, c'est de voir comment quelqu'un qui se trouve dans votre situation envisage l'inéluctable.

– Calmement.

– C'est ce que je vois.

– Quand j'y pense, tout être vivant est condamné à mort. Pour certains d'entre nous, la sentence s'applique plus rapidement que pour d'autres. Prenez les malades en phase terminale : ils sont aussi innocents que moi, mais parce qu'une de leurs cellules est partie en vrille et que personne ne l'a rattrapée à temps, ils vont mourir en avance. Ils peuvent se fustiger, se dire qu'ils auraient dû arrêter de fumer, qu'ils n'auraient pas dû reporter cette visite médicale qui a lieu tous les ans, qu'ils auraient dû manger moins et faire davantage d'exercice, qui sait si ç'aurait changé quoi que ce soit ? En fin de compte ils vont mourir, et ce n'est pas de leur faute. Moi aussi, et ce n'est pas de ma faute.

– Et chaque jour...

– Et chaque jour je me rapproche d'autant de la fin. J'ai dit à mon avocat que ce n'était pas la peine d'essayer d'obtenir de nouveaux sursis à l'exécution. Je pourrais encore faire traîner les choses pendant un an ou deux si j'insistais, mais à quoi bon ? Je me contente *d'attendre mon heure ; ça ne m'apporterait qu'un peu plus de temps à poireauter.*

*– Comment faites-vous pour tenir, Preston ?*

*– Il ne me reste plus longtemps. Vendredi, c'est le jour fatidique.*

*– Oui.*

*– En attendant, j'assure, heure après heure. On m'apporte un repas trois fois par jour. On pourrait croire que je n'ai plus goût à manger, mais l'appétit n'a visiblement pas grand-chose à voir avec ce qui nous attend à terme. On m'apporte de la nourriture, je la mange. On m'apporte un journal, je le lis. On m'apportera des livres, si je le demande. Ces derniers temps, je n'ai pas trop envie de bouquiner.*

*– Et vous avez la télé.*

*– Il y a une chaîne qui ne passe que des séries policières.* Homicide, Law & Order, NYPD Blues. *Pendant un moment, je ne pouvais pas m'en passer. Je les regardais les unes après les autres. Jusqu'au jour où j'ai compris ce que je faisais.*

*– Vous cherchiez à vous évader ?*

*– Non, c'est ce que j'ai cru, mais ce n'était pas ça. Je cherchais une réponse, une solution.*

*– À votre dilemme personnel.*

*– Exactement. La clé devait se trouver dans une de ces émissions. J'assisterais à une scène, et tout d'un coup ça ferait tilt, ce serait la révélation qui me permettrait de sauver ma peau et d'identifier le véritable meurtrier.*

*Il hoche la tête.*

*– Non mais vous entendez ça ? « Le véritable meurtrier… » Voilà que je parle comme O. J. Simpson !*

*Il pince les lèvres, siffle en silence.*

*– Dès que j'ai compris pourquoi je suivais ces séries, je suis devenu incapable de continuer à les regarder. Elles ne me disaient plus rien du tout. En fait, il n'y a*

pas grand-chose que je peux regarder. Le football, pendant la saison, mais ça ne recommencera qu'en automne. J'ai vu mon dernier match de football.

– D'autres sports ? Le base-ball ? Le basket ?

– J'ai joué un peu au basket, oui.

Il plisse un instant les yeux, comme pour fouiller dans sa mémoire, mais ça lui échappe et il n'insiste pas.

– Je regardais les matchs universitaires. Le tournoi, le Final Four. Quand la saison universitaire s'est achevée, j'ai décroché. Il y a quelques jours, je me suis branché sur un match professionnel, mais sans guère y prêter attention. D'ailleurs, le base-ball ne m'a jamais vraiment intéressé.

– Si bien que vous ne regardez pas beaucoup la télé.

– Non. Ça aide à passer le temps, c'est un de ses intérêts, mais c'est aussi une perte de temps, et vu ce qu'il m'en reste, je ne peux pas me permettre de le gaspiller. Vous m'avez demandé comment je fais pour tenir. Rien de plus simple. Je m'assieds et les heures passent, d'une façon ou d'une autre. Et tout d'un coup on se retrouve vendredi, et pour moi ça s'arrête là...

– Il faut que j'y aille, dit-il en se levant de la chaise en plastique blanc. Je vous prends tout votre temps, et vous m'avez déjà dit qu'il ne vous en reste plus beaucoup.

– J'ai passé un moment très agréable, Arne.

– Vraiment ?

– C'est la première fois que je me trouve avec quelqu'un qui me croit innocent. Je ne saurais vous dire à quel point ça compte pour moi.

– Sûr ?

– Et comment ! Depuis qu'on m'a passé les menottes et qu'on m'a lu mes droits, les discussions ont toujours été un peu stressantes parce que tout le monde sans *exception, même parmi ceux qui ont essayé de m'aider, me prend pour ce monstre. C'était toujours là, vous comprenez ? Mais pas aujourd'hui et c'est la première fois. J'ai pu parler sans détour et communiquer avec un être humain. Je n'ai pas discuté ainsi depuis… je ne m'en souviens plus. Depuis mon arrestation, mais peut-être depuis plus longtemps encore. Je suis content que vous soyez venu et je regrette de vous voir partir.*

*Il hésite, avant de suggérer timidement :*

*– Je pourrais revenir demain.*

*– C'est vrai ?*

*– Je n'ai rien d'indispensable à faire pendant quelques jours. Je reviendrai demain si vous le désirez, et ensuite aussi souvent que vous en aurez envie.*

*– Ça alors… D'accord, ça me plairait bien. Un peu que ça me plairait ! Venez quand vous voulez. Je ne bouge pas d'ici.*

# 5

Lors d'une réunion qui se déroula pendant le week-end, une femme que je connaissais de vue vint m'annoncer qu'elle avait entendu dire que j'étais détective privé. Était-ce vrai ?

– Si on veut, lui répondis-je, et je lui expliquai que j'étais en préretraite, que je n'avais pas de licence et par conséquent pas de statut officiel.

– Mais vous pouvez enquêter.

– Quelqu'un de particulier en vue ?

– Il va falloir que j'y réfléchisse. Y a-t-il un numéro où je peux vous joindre ?

Je lui donnai une carte, une des nouvelles où figurent mon numéro de portable et mon numéro de fixe à l'appartement. J'avais évité aussi longtemps que possible d'avoir un portable, jusqu'à ce que je me rende compte que j'étais ridicule et que cela en vienne à triompher de l'obstination qui est, semble-t-il, quelque chose d'irréductible chez moi. J'oublie encore la moitié du temps de l'emporter avec moi et quand je l'ai je ne pense pas forcément à l'allumer, mais j'avais fait les deux ce lundi matin-là et, quand il avait sonné, j'avais réussi à répondre sans couper la communication.

– C'est Louise, dit-elle. Vous m'avez donné votre carte. L'autre soir, je vous ai demandé si vous pourriez enquêter sur quelqu'un...

– Je m'en souviens. Vous deviez réfléchir.

– J'y ai réfléchi tout mon soûl et j'aimerais vous en parler. Pourrions-nous nous voir quelque part ?

J'étais en train de prendre le petit déjeuner avec T.J., qui réussit à garder son sérieux pendant que je tripotais le téléphone.

– Je suis au Morning Star, lui dis-je.

– Vraiment ? Parce que moi, je suis au Flame.

Le Morning Star se trouve à l'angle de la Neuvième Avenue et de la 57e Ouest. Le Flame, lui, est au bout de la 58e, soit dans le même secteur. Ce sont tous les deux des cafètes grecques à la new-yorkaise, et si ni l'un ni l'autre ne pourront jamais prétendre figurer dans la prochaine édition du *Zagat*, ils ne sont pas trop dégueulasses et drôlement pratiques.

– Vous y serez encore dans un quart d'heure ? me demanda-t-elle. Je voudrais finir ce café et puis rester un peu dehors, le temps de fumer une cigarette. Je viendrai ensuite au Morning Star, si vous y êtes toujours.

– On ne m'a pas encore apporté mes œufs, lui répondis-je. Prenez votre temps.

– Ça me fait tout drôle, dit-elle. Me voilà en train de vivre une histoire d'amour qui risque de déboucher sur quelque chose de bien. Sauf qu'une relation doit reposer sur la confiance et que… vous trouvez que je lui fais confiance, au mec, alors que j'engage un détective pour enquêter sur lui ? Ça revient à tout saboter depuis le début, non ?

Louise a dans les trente-cinq-quarante ans. De taille et de carrure moyennes, elle a des cheveux brun foncé et des yeux noisette. Elle a eu de l'acné pendant l'adolescence, ce qui lui a laissé quelques légères tavelures sur les joues et le menton, qu'elle a pointu. Elle était habillée pour aller au bureau, jupe et chemisier, et avait mis de l'eau de Cologne, un parfum de fleurs qui ne se mariait pas trop bien avec l'odeur de la cigarette.

Elle nous retrouva à notre table, un peu décontenancée de voir que je n'étais pas seul. Je lui dis que T.J. était mon assistant, ce qui la rasséréna un peu. C'est un Noir d'une vingtaine d'années – je ne sais pas quel âge il a exactement, mais il est vrai que je ne connais toujours pas son patronyme non plus, ce qui ne l'empêche pas d'être quasiment un membre de la famille – et ce matin-là, il était habillé de façon décontractée, short baggy en denim délavé et tee-shirt noir dont on avait coupé l'encolure et les manches. Il n'avait pas trop l'air d'être mon assistant, ni quoi que ce soit d'autre, hormis peut-être un dealer. Je sentis qu'elle serait plus à l'aise si nous étions seuls, mais après j'aurais dû mettre T.J. au courant. J'en conclus donc qu'elle n'en mourrait pas, et elle n'en mourut pas.

– C'est sur la confiance que reposent la plupart des couples qui tiennent, oui, dis-je.

– C'est ce que je n'arrête pas de me dire, mais...

– C'est aussi une composante essentielle de beaucoup d'arnaques et d'escroqueries. Sinon, elles ne marcheraient pas. Il vous sera peut-être plus facile de faire confiance à ce type si vous pouvez établir qu'il n'y a aucune raison de se méfier de lui.

– Ça aussi, je n'arrête pas de me le dire. Ça a l'air ringard, mais je n'arrive pas à oublier que je ne sais rien du tout sur lui. Ce n'est pas comme si mes parents et les siens étaient amis, ou si je l'avais rencontré dans une petite fête organisée par une église.

– Comment vous êtes-vous rencontrés ?

– Sur Internet.

– Un de ces clubs de rencontres ?

Elle fit signe que oui et m'en donna le nom.

– Je ne vois pas du tout comment on voudrait que les gens se rencontrent à New York. Je travaille toute la journée. En fait, je suis censée être derrière mon bureau dans vingt minutes, mais Tinkerbell ne va pas disparaître si j'ai un quart d'heure de retard. Bref, je passe mes journées au bureau et mes soirées dans les réunions des Alcooliques anonymes. Ma dernière liaison, c'était avec quelqu'un que j'ai connu aux AA. Ça permet d'aller plus loin que d'échanger des banalités, mais quand ça ne marche plus, l'un des deux est obligé d'assister à des réunions différentes.

Elle regarda ma main gauche en vitesse.

– Vous êtes marié, non? Elle va aux réunions?

– Non.

– Vous vous êtes rencontrés comment, si je peux me permettre de vous poser la question?

On s'est rencontrés dans un bistrot, à la table de Danny Boy Bell. À l'époque, elle était une jeune call-girl, et moi un flic marié et père de deux enfants. Mais il entrait aussi en ligne de compte bien plus de choses que Louise n'avait pas besoin de savoir, aussi lui répondis-je qu'Elaine et moi nous nous étions connus des années auparavant, puis que nous nous étions retrouvés après nous être perdus de vue, et que cette fois-là avait été la bonne.

– Comme c'est romantique! dit-elle.

– Faut croire.

– Ben, moi, les hommes de mon passé, je n'espère qu'une chose d'eux, c'est qu'ils y restent. Au lycée, mon copain était mignon, mais il n'en est pas revenu que je gerbe en plein... bon, enfin. Merde, alors, si seulement on avait le droit de fumer ici! Quand on peut boire un café, on devrait pouvoir en même temps griller une cigarette. Qu'il aille se faire foutre, l'autre coincé de maire! Est-ce que vous vous rendez compte qu'il veut aussi interdire de fumer dehors? Comme si ça ne suffisait pas déjà d'être obligé de sortir pour griller une clope! Non mais, il se prend pour qui?

Elle n'attendit pas ma réponse, ce qui tombait bien car je n'en avais pas.

– J'en viens au fait, Matt, reprit-elle. J'ai rencontré un mec sur Internet et on a beaucoup dialogué, d'abord en s'échangeant des e-mails, puis en s'envoyant des messages en temps réel. Vous voyez ce que c'est, hein ? Une façon de discuter sur le Net.

Je lui fis signe que oui. T.J. et Elaine se contactent régulièrement par ce biais, tels deux gamins avec un fil et deux boîtes de conserve. Il vit juste en face de chez nous, dans la chambre d'hôtel que j'ai occupée pendant des années, et il vient manger le soir deux ou trois fois par semaine. Elaine et lui sont facilement joignables au téléphone, mais il doit à l'évidence y avoir quelque chose d'irrésistible dans les messageries instantanées. L'un repère l'autre sur le Net, et les voilà alors qui se mettent tous les deux à jacasser comme des pies.

– Ça peut devenir très intime, ou du moins en donner l'impression. On est moins sur le qui-vive lorsqu'on s'échange des e-mails, ou alors on oublie carrément de se méfier. Vous comprenez, c'est tellement facile… On tape un truc, comme si on rédigeait son journal, machinalement on clique sur «Envoyer», et c'est parti. On ne peut même pas vérifier l'orthographe, encore moins se demander si on avait vraiment envie de lui raconter qu'on avait eu un avortement en terminale. Ce qui fait que ça a l'air intime – car on découvre effectivement des tas de choses sur l'autre –, alors qu'il s'agit seulement de ce qu'il veut bien vous dire, et qu'on se contente de le lire sur l'écran. Ce ne sont que des mots, qui ne sont pas accompagnés d'une voix, ni de mimiques ou de gestes venant à l'appui. On complète le reste soi-même, en en faisant ce qu'on veut qu'il soit. Seulement, ça ne reflète pas forcément ce qu'est vraiment cet individu. Tôt ou tard, on s'envoie des Jpeg, autrement dit des photos sur Internet…

– Je sais.

– … On voit alors à quoi il ressemble, sauf que ce n'est rien d'autre que l'équivalent des mots sur l'écran. On ne le connaît toujours pas.

– Mais vous l'avez rencontré, ce gus, non ?

– Oui, bien sûr. Je ne vous ferais pas perdre votre temps s'il ne s'agissait que d'un flirt sur Internet. Il y a environ un mois que j'ai fait sa connaissance, et depuis lors on s'est vus sept ou huit fois. Je ne l'ai pas vu ce week-end, car il n'était pas à New York.

– Ça a dû coller tout de suite, entre vous.

– On se plaisait bien. Le désir était là. Il n'est pas mal du tout, sans être beau. Beau, moi, ça me fait fuir. Un psy m'a expliqué un jour que c'est une question d'amour-propre, qu'inconsciemment je ne pense pas mériter de sortir avec un beau mec, mais je ne crois pas que ça vienne de là. Je n'ai tout bonnement pas confiance dans les mecs qui sont trop bien faits de leur personne. On finit toujours par s'apercevoir que ce sont des narcissiques.

– Ce qui chez moi est un vrai problème, dit T.J.

Elle sourit.

– Seulement, vous, vous essayez de le résoudre.

– De mon mieux.

– Je l'aime bien, ce mec, reprit-elle. Il ne m'a pas tout de suite proposé de conclure, mais on savait tous les deux que ça allait se terminer au pieu, et ça n'a pas traîné. C'était super. Et puis il m'apprécie, et de mon côté je trouverais génial de faire des bonds en l'air et de raconter à tout le monde que je suis amoureuse, seulement il y a quelque chose qui me retient.

– Tout ce que vous ne savez pas sur lui ?

– Je ne sais pas par où commencer. Bon, qu'est-ce que je sais vraiment de lui ? Il a quarante et un ans, il est divorcé, il vit seul au quatrième étage d'un immeuble sans ascenseur de Kips Bay. Il travaille à son compte, il fait sur Internet de la publicité directe pour des entreprises. Tantôt il est écrasé de travail, tantôt il traverse des périodes pendant lesquelles il n'a pas de boulot du tout. Soit il crève la dalle, soit il roule sur l'or, comme il dit.

– Il a un bureau ?

– Il travaille chez lui. C'est l'une des raisons pour lesquelles on va toujours chez moi. Chez lui, me dit-il, c'est le bordel, et il dort sur un canapé. Même pas sur un convertible, car il n'aurait pas la place de le déplier, avec son bureau et ses classeurs qui encombrent les lieux. Il y a un fax, une photocopieuse, son ordinateur et son imprimante, et que sais-je encore…

– Donc, vous n'y êtes jamais allée ?

– Non. Je lui ai dit que j'aimerais bien le voir, son appart, il m'a répondu que c'était le chantier là-dedans, et qu'il faut grimper quatre étages pour y accéder. Ce qui est parfaitement plausible et risque même d'être vrai.

– À moins qu'il ne soit marié.

– À moins qu'il ne soit marié et qu'il habite ailleurs, n'importe où. Je me suis dit que je pourrais aller voir dans son immeuble si son nom figure sur une boîte aux lettres, mais je ne connais même pas son adresse. J'ai bien un numéro de téléphone, mais c'est celui de son portable. Il pourrait être marié, être un ancien condamné, qu'est-ce que j'en sais ? Sincèrement, je ne crois pas qu'il soit rien de tout ça, mais le problème, c'est que je n'en ai pas la certitude et que je ne peux pas être tranquille sur le plan affectif, si tout cela continue à me tracasser.

– Et pas qu'un peu, dirait-on.

– Non, vous avez raison. Il est toujours là, et ça me gêne. (Elle fronça les sourcils.) Comme tout le monde, je reçois un spam faisant le lien avec des sites Internet qui affirment que l'on peut retrouver quelqu'un. Je suis allée voir, ça m'a tentée, mais j'en suis restée là. N'importe comment, je ne sais pas dans quelle mesure on peut s'en remettre à ces machins-là.

– Ça doit varier de l'un à l'autre, raisonnai-je. Ils permettent d'avoir accès à des bases de données accessibles au grand public.

– Il s'appelle David Thompson, reprit-elle. Du moins c'est ce que je pense. J'ai fait des recherches sur Yahoo People, et ç'aurait été bien plus simple s'il s'appelait Hiram Weatherwax. C'est incroyable de voir le nombre de gens qui s'appellent David Thompson !

– Ça complique effectivement les choses, quand il s'agit de noms très répandus. Vous devez connaître son e-mail, non ?

– DThompson5465@hotmail.com. N'importe qui peut s'abonner gratuitement à hotmail, il suffit d'aller sur le site et de s'inscrire. Je suis abonnée gratuitement à Yahoo, FareLady315. Je me branche dessus tous les jours. (Elle regarda sa montre.) Ça va, dit-elle. J'habite dans la 87e rue Ouest, j'ai pris le métro pour aller à Columbus Circle. Puis je me suis payé un bagel et un café et ensuite je suis venue ici et mon bureau se trouve à cinq minutes à pied. Je vais me fumer une cigarette en chemin, car bien sûr il va sans dire qu'on n'a pas le droit de fumer au bureau. Je pourrais y avoir en permanence une bouteille et picoler, il n'y aurait pas de mal à ça, mais que je ne m'avise surtout pas de fumer une clope ! Est-ce que je vous ai dit qu'il fumait ? David… ?

– Non.

– Je l'ai précisé dans mon annonce. Pas seulement que je fumais, mais que je cherchais à rencontrer un fumeur. Les gens se disent tolérants, mais pourtant on les voit vite agiter la main, ou bien se dépêcher d'ouvrir les fenêtres. Très peu pour moi. Je ne passe pas ma journée à picoler et je ne me défonce pas, je ne prends même pas de Midol lorsque j'ai des règles douloureuses, alors je me dis que je peux fumer autant que je veux, et qu'il aille se faire foutre, le maire ! (Elle pouffa.) Putain, écoutez-moi ça : « Voyons, Louise, si vous nous disiez comment ça va, au juste ? » Le fait est que je sais qu'un beau jour je vais arrêter. Je n'ai même pas envie d'en parler, mais un jour, le moment venu, c'est ce qui va se passer. Et puis, c'est bien ma chance, ça arrivera alors que je vivrai une histoire géniale avec un mec qui fume comme un pompier et qui, lui, n'aura absolument pas envie d'arrêter, si bien que sa cigarette finira par me rendre dingue !

Ah, le monde est dur...

– David sait-il que vous assistez aux réunions des Alcooliques anonymes ?

– Dave, c'est comme ça qu'il veut qu'on l'appelle. Eh bien oui, c'est l'une des premières choses que je lui ai dites, à l'époque où nous n'étions encore que DThompson et FareLady. Il a commencé à m'expliquer que ce serait sympa de se descendre à deux une bouteille de vin, alors que de mon côté je voulais lui faire comprendre qu'il n'en était pas question. Il boit peu en société. Du moins quand il est avec moi, mais là encore c'est un truc que j'ignore sur son compte, car il pourrait se contrôler quand on est ensemble et recommencer à picoler quand on ne l'est pas.

Elle me remit une photo, une qu'il lui avait envoyée et qu'elle avait téléchargée, puis imprimée. Et cette photo était, m'affirma-t-elle, très ressemblante. On voyait la tête et les épaules d'un homme crispé, comme souvent quand on s'efforce de sourire. Il était plutôt séduisant : la mâchoire carrée, la moustache bien taillée, de beaux cheveux bruns. Il n'était pas beau comme une vedette de cinéma, ça non, mais moi, je le trouvais pas mal.

Je crus un moment qu'elle allait me réclamer la photo, mais sa décision était prise, et elle se cala sur son siège.

– J'ai horreur d'agir ainsi, reprit-elle, mais je m'en voudrais encore plus si je ne le faisais pas. C'est qu'on sent les choses…

– Oui.

– Et puis, je ne suis pas une héritière, mais j'ai de l'argent placé, et un peu de sous sur mon compte. Je suis propriétaire de mon appartement. Je n'arrive pas sans biscuits, vous comprenez ?

Après son départ, j'appelais le serveur pour avoir la note. Elle avait essayé de me laisser un dollar pour son café, mais je m'étais dit que je pouvais l'inviter. Elle m'avait remis cinq cents dollars en guise d'acompte, pour n'obtenir en retour qu'un reçu et l'exposé des règles du jeu : je ne lui ferais pas de comptes rendus écrits, en revanche je la préviendrais quand j'aurais découvert quelque chose et poursuivrais mes investigations de telle façon que David ne puisse pas subodorer d'où venaient mes renseignements. Je réglerais moi-même mes frais, qui de toute façon ne devraient pas être très élevés, et si d'aventure j'en venais à lui consacrer plus de temps que ce que couvraient les cinq cents dollars je l'en avertirais, de manière à ce qu'elle puisse décider de poursuivre ou pas. Il y en a qui trouvent ça un peu désordonné, mais elle, ça ne l'avait pas dérangée. Ou peut-être avait-elle tout bêtement hâte de sortir griller une cigarette…

– Heureusement que ça ne m'a jamais tenté, dit T.J. Tu fumais, toi, dans le temps ?

– Une fois ou deux par an. Je picolais et je me mettais alors dans un état qui me donnait envie de me payer un paquet de clopes, puis d'en fumer six ou huit d'affilée. Après quoi je balançais le paquet, et pendant des mois je n'en voulais pas d'autre.

– Bizarre.

– Faut croire.

Il posa un doigt sur la photo du supposé David Thompson.

– Tu veux que j'aille voir ce que ça donne sur Internet ?

– J'espérais que tu allais le faire.

– Tu sais, tu peux très bien te débrouiller tout seul. Il te suffit d'allumer le Mac d'Elaine et de te laisser porter. Tu n'as même pas besoin de te connecter sur Internet, car avec l'ADSL tu es connecté en permanence. Tu vas sur Google, et ensuite, tu farfouilles et tu vois ce que ça donne.

– J'ai toujours peur d'abîmer quelque chose.

– Tu ne t'abîmeras même pas la vue. Mais ça roule, je vais tenter le coup. Ce qui veut dire qu'on va vérifier les informations qu'on a sur ce mec.

Ce qui ne demanda pas longtemps, car nous ne savions pas grand-chose. Je lui suggérai de chercher dans plusieurs directions qui risquaient de déboucher sur du concret, nous prîmes des notes l'un et l'autre, puis il repoussa sa chaise et se leva.

– Il vaut mieux que je retourne dans ma chambre, dit-il. La Bourse a ouvert il y a un quart d'heure.

– Tu t'en sors toujours bien ?

– Il y a des jours meilleurs que d'autres. Il y en a où la Bourse est orientée à la hausse, et quoi que tu fasses ça se présente bien. À moins que tu n'aies pas un sou, auquel cas tu passes pour un con.

J'ai deux grands fils, Michael et Andrew. Michael et June habitent à Santa Cruz, en Californie, et Andy se trouvait dans le Wyoming la dernière fois que j'ai eu de ses nouvelles. Je ne sais pas exactement dans quelle ville ; il vient de déménager, mais j'ignore s'il a quitté Cheyenne pour aller s'installer à Laramie, ou bien le contraire. D'ailleurs, je ne crois pas ce soit très important, car ça s'est passé à l'époque de Noël et depuis il a redéménagé. Ça fait quatre ou cinq ans que je ne l'ai pas revu, depuis qu'il a pris l'avion pour venir enterrer sa mère dans l'Est. Michael est revenu en vitesse une fois, en voyage d'affaires, pas l'été dernier, mais celui d'avant, et puis Elaine et moi nous sommes allés faire un saut là-bas en avion à la naissance de leur seconde fille.

Antonia, qu'ils l'ont appelée.

– On voulait lui donner le nom de maman, m'avait expliqué Michael, mais Anita, ça ne nous disait rien à tous les deux, et dans Antonia figurent les mêmes lettres, plus un O et un N.

– Ç'aurait plu à ta mère, lui ai-je renvoyé, en me demandant si c'était vrai.

Il y avait une trentaine d'années que j'avais quitté cette femme, et même à l'époque je n'avais jamais trop bien compris ce qu'elle aimerait ou pas.

– On espérait quand même que ce serait un garçon. Pour que le nom de famille se perpétue, tu vois ? Mais à vrai dire on a été un peu soulagés quand l'échographie nous a appris qu'on allait avoir une fille. Et du côté de Melanie, bon, il n'y avait pas photo. Elle voulait une petite sœur, point à la ligne. Un petit frère, ça n'aurait pas été satisfaisant.

Dans l'avion qui nous ramenait à New York, Elaine me fit remarquer qu'ils en auraient peut-être un autre, afin de perpétuer le nom de Scudder.

– Ce n'est pas un nom si rare, lui répondis-je. La dernière fois que j'ai vérifié, il y en avait des centaines disséminés aux quatre coins du pays. Voire des milliers, qui sait ? Y compris une famille entière qui gère des fonds d'investissements.

– Ça ne te dérange pas de ne pas avoir de petit-fils ?

– Pas du tout, et je dois reconnaître qu'Antonia va

bien mieux avec Scudder que ça n'aurait été le cas avec Antonio.

– Ce n'est pas moi qui dirai le contraire.

Le fait est qu'il s'est creusé un fossé entre mes fils et moi, et pas seulement en raison de l'éloignement géographique. Je n'ai pas vraiment eu l'occasion de les voir devenir les hommes qu'ils sont aujourd'hui, et je me borne à les regarder évoluer de loin. Toutes choses qui me rendent la compagnie de T.J. particulièrement appréciable. Malgré tout ce que j'ignore de lui, comme son nom de famille, et ce que signifient le T et le J, j'ai l'occasion de le voir de près et d'être aux premières loges pour assister à son épanouissement personnel.

Il y a quelques années, il s'est mis à fréquenter le campus de l'université de Columbia – il était visiblement passé maître dans l'art de blouser les vigiles. Il assistait en auditeur libre à des cours portant sur divers sujets, lisait pratiquement tout ce qui était au programme, et en a probablement retiré davantage que quatre-vingt-dix pour cent des petits jeunes qui faisaient de même pour décrocher un diplôme. De temps à autre il se fendait d'un devoir, juste pour le plaisir, et quand l'assistant lui paraissait suffisamment compréhensif, il le lui remettait. Dans le département d'histoire, un professeur tenait à tout prix à ce qu'il s'inscrive et se disait certain de pouvoir lui dégoter des aides qui lui auraient permis de bénéficier, sans rien débourser ou presque, d'un enseignement de haute qualité. T.J. indiqua que c'était déjà le cas, et qu'en plus il était libre de choisir ses cours. Lorsque Elaine laissa entendre qu'un diplôme de Columbia pourrait lui ouvrir bien des perspectives, il répliqua que celles-ci ne le faisaient pas rêver.

– En outre, avait-il ajouté en ouvrant des yeux ronds, je suis détective, j'ai déjà un métier.

Ces derniers temps, il avait goûté à quelques cours de l'école de commerce. Il s'était habillé de façon idoine, oubliant son argot de rappeur en sortant du métro à la 116ᵉ rue Ouest, mais j'imagine qu'il y avait au moins des professeurs qui savaient qu'il n'était pas à sa place là-bas. Auquel cas ils seraient bien obligés de se rendre compte qu'ils avaient affaire à quelqu'un qui avait réellement envie de suivre leurs cours sans viser une maîtrise de gestion de Columbia. Pourquoi diable auraient-ils cherché à le décourager ?

Je ne crois pas que le programme s'intéresse en priorité à la Bourse, mais lui, il s'y est intéressé, s'est trouvé des livres et des revues à lire, et au début des vacances universitaires d'été il s'est installé dans sa chambre du Northwestern comme spéculateur, avec sa petite télé branchée en permanence sur CNBC et son ordinateur, un engin puissant qui a pris la suite de celui que nous lui avions offert pour Noël il y a quelques années, et qui est configuré pour les opérations à la journée. Il est abonné à Ameritrade, même si je pense qu'il ne dispose pas d'un grand capital à brasser. Mais ça a suffi pour lui mettre le pied à l'étrier, et il s'est manifestement débrouillé pour rester à flot.

– Il va sans doute faire faillite, dit Elaine, mais qu'est-ce que ça peut bien faire ? Si l'on doit faire faillite, c'est à cet âge qu'il faut le faire. Et puis qui sait ? Il risque aussi de s'avérer génial dans la partie.

Il ne parlait guère de ses gains ou de ses pertes, si bien qu'il était difficile de savoir comment il s'en sortait. Il ne roulait pas en BM et ne portait pas de costumes taillés sur mesure, pas plus qu'il ne sautait de repas. Je me disais qu'il ferait ça jusqu'à ce qu'il n'en ait plus envie, et qu'il en retirait quelque chose, d'une façon ou d'une autre. C'est toujours le cas, avec lui.

# 6

Il y a un Red Roof Inn à la sortie de Jarratt, quand on quitte la 95, mais à la réflexion ça lui paraît trop près. À trente kilomètres au sud se trouve la Caroline du Nord, il y pénètre, fait quelques kilomètres et emprunte la sortie conduisant à Roanoke Rapids, où il a le choix entre plusieurs motels. Il opte pour un Days Inn et y prend une chambre. Il se présente comme un certain Arne Bodinson, et tend au réceptionniste une carte Visa libellée à ce nom, en lui précisant qu'il s'en ira vendredi matin.

Comme il l'avait demandé, sa chambre est située à l'arrière, au dernier étage. Il se gare derrière le bâtiment et monte déposer son attaché-case et son sac de toile bleu. Il ouvre ce dernier, range ses vêtements, installe son ordinateur portable sur le bureau et la bouteille de scotch sur la table de nuit. Lorsqu'il avait fait ses bagages avant d'entreprendre ce déplacement, il s'était souvenu que le Sud est une drôle de région où d'un comté à l'autre changent les obscures réglementations qui régissent la vente et la consommation d'alcool. Dans certains endroits, on ne peut se procurer qu'une bière, dans d'autres on peut commander tout ce qu'on veut, et les magasins de vins et spiritueux, si tant est qu'ils existent, risquent de ne pas être ouverts longtemps, et par-dessus le marché à des heures curieuses. Pour vous servir dans un bar, on peut vous demander *de vous affilier symboliquement à ce qui veut passer pour un club privé. Contre une cotisation de cinq à dix dollars, on jouit alors de tous les droits et privilèges réservés aux membres, ce qui signifie que l'on peut y boire tant que l'on a encore les moyens de payer.*

*Il trouve tout cela absurde, mais la question n'est pas là. C'est ainsi que ça marche et ce qu'il lui reste à faire – ce qu'il doit toujours faire –, c'est déterminer comment ça se passe et agir en conséquence.*

*Il s'empare du seau en plastique fourni par l'hôtel, longe le couloir pour aller chercher des glaçons, puis se renfrogne en découvrant le gobelet jetable en plastique. Vu le tarif pratiqué, on aurait quand même pu lui fournir un verre convenable, mais non, si bien qu'il procède comme toujours : il fait avec les moyens du bord.*

*Il se sert un verre et en boit une gorgée. Ç'aurait meilleur goût si ce n'était pas dans un récipient en plastique, mais il est inutile de s'appesantir là-dessus. Ça ne pourrait que l'empêcher de profiter du scotch, et il s'agit effectivement d'un très bon scotch, il a du corps, il est tourbé, tonifiant. Il a eu une journée difficile et il lui faut suivre un chemin long et pénible, au bout duquel il n'y a rien à boire…*

*Il déguste lentement son verre, le savoure, assis sur une chaise et tenant à la main le gobelet en plastique. Il ferme les yeux et contrôle sa respiration, rejetant de l'air tout autant qu'il en inspire, en accord avec les rythmes de son organisme. Il se laisse porter par les effets de la boisson, de l'alcool dans son sang, et s'en va imaginer que c'est l'équivalent pour le corps et l'esprit de l'un de ces polymères de l'ère spatiale que l'on incorpore au moteur d'une vieille voiture afin d'en masquer les éraflures et de combler les trous forés dans le métal usé et fatigué, de recouvrir les surfaces intérieures, d'éliminer les frottements, d'accroître le rendement et de rouler peinard.*

*Puis il ouvre les yeux et attrape son portable pour appeler quelqu'un. Son correspondant répond au bout de la troisième sonnerie. Il lui parle :*

*– Salut, Bill. C'est moi… Oh, pas grand-chose, je me disais seulement que j'allais t'appeler. Il y a plein de boulot qui m'attend sur mon bureau, et je ne sais pas quand je vais m'en aller. Bon, je pensais te voir ce soir, mais ça n'en prend pas le chemin… Non, ça va, je ne sais plus où donner de la tête, voilà tout… Bon, toi aussi, mon pote. Salut !*

*Il met fin à la communication, s'assied devant le bureau, branche son ordinateur portable et relève ses e-mails. Quand il en a fini, il appelle quelqu'un d'autre, puis il se ressert à boire.*

*C'est en milieu de matinée qu'il retourne à Greensville. Applewhite a l'air surpris de le voir, mais aussi franchement content. Ils se serrent la main, s'installent, Applewhite sur le lit, lui sur la chaise blanche en plastique. La discussion, un peu hésitante au départ, porte d'abord sur le temps qu'il fait avant de passer au Super Bowl de l'année précédente, puis de retomber dans un silence gêné.*

*– Je ne pensais pas vous voir aujourd'hui, déclare Applewhite.*

*– Je vous ai dit que je viendrais.*

*– Je sais. Et je vous croyais, mais je me suis dit que vous changeriez d'avis une fois reparti. Que vous auriez envie de retourner auprès de votre femme et de vos enfants.*

*– Je n'ai pas de femme. Ni d'enfants, à ma connaissance.*

*– À votre connaissance…*

*– Enfin… qui dira le fruit qui peut naître d'un écart de jeunesse ? Mais il n'y en a pas eu tellement, et je pense que l'on m'aurait prévenu si à cause de moi des*

72

*abdomens avaient grossi. En tout cas, il n'y a rien qui me pousse à rentrer chez moi.*

*– C'est où, chez vous, Arne ? Je ne crois pas que vous me l'ayez dit.*

*– À New Haven. J'ai passé mon doctorat à Yale, et je n'ai jamais réussi à quitter le coin.*

*Alors ils se remémorent la fac, thème de discussion bien commode pour des hommes qui n'ont rien d'important à se dire. Ça lui sert maintenant, comme ça lui a servi la veille avec le directeur. Il évoque Charlottesville – autant être logique. Applewhite, lui, a fait ses études à l'université Vanderbilt, située à Nashville, ce qui les amène à discuter country music. Ce n'est plus comme dans le temps, ils sont bien d'accord. Elle est devenue trop commerciale, trop bien peignée, trop Top Forty…*

*Il y a quelque chose dont on ne parle pas, quelqu'un va aborder le sujet, ce n'est qu'une question de temps, le tout étant de savoir lequel des deux va le faire. Il est sur le point d'en prendre l'initiative, mais il attend, et en définitive c'est Applewhite qui soupire et annonce :*

*– Nous sommes mardi, aujourd'hui.*

*– Oui.*

*– « Demain, et puis demain, et puis demain, / Se glisse à petits pas de jour en jour / Jusqu'à l'ultime syllabe du registre des temps. » Sauf que les petits pas s'arrêtent le matin du troisième demain.*

*– Voulez-vous parler de la mort, Preston ?*

*– Qu'est-ce qu'il y a à en dire ?*

*Il y réfléchit, hoche la tête.*

*– Je n'arrête pas d'y penser, enchaîne-t-il. Je pourrais sans doute trouver des choses à dire… là-dessus.*

*– Ah oui ?*

*– Il y a des jours où je l'attends presque avec impa-*

*tience. Pour en finir… vous comprenez ? Pour passer à l'étape suivante. Sauf qu'en l'occurrence, évidemment, il n'y aura pas d'étape suivante.*

*– Vous en êtes sûr ?*

*L'homme plisse les yeux, restant visiblement sur ses gardes.*

*– Arne, reprend-il, je suis sensible aux démonstrations d'amitié que vous me prodiguez, mais il y a quelque chose qu'il faut que je sache. Vous n'êtes pas ici, au moins, pour sauver mon âme ?*

*– J'ai peur que ce ne soit pas dans mes cordes, le salut…*

*– Parce que si vous êtes venu agiter devant moi le spectre de l'enfer ou faire miroiter le paradis, je ne marche pas. Il y a deux hommes d'Église qui ont essayé de me rencontrer. Heureusement, l'État de Virginie nous laisse une certaine latitude, afin de compenser le fait qu'il est prévu de nous ôter la vie. Je ne suis pas tenu de voir ceux que je n'ai pas envie de voir, et j'ai réussi à empêcher les membres du clergé de pénétrer dans cette cellule.*

*– Je ne suis ni prêtre, ni pasteur, ni rabbin, je vous le jure, proteste-t-il avec un doux sourire. Je ne suis même pas un laïc croyant. Je me soucierais peut-être de sauver votre âme si j'étais porté à croire que vous en avez une et qu'elle puisse être sauvée, ou demande à l'être.*

*– Que pensez-vous qu'il arrive quand on meurt ?*

*– Vous d'abord.*

*Ses propos ne souffraient aucune discussion, et Applewhite n'avait par l'air disposé à en engager une.*

*– Je pense que ça s'arrête là, dit-il. Je pense qu'on arrive au terme, voilà tout, comme dans un film, quand on a passé la dernière bobine.*

*– Pas de générique de fin ?*

*– Rien du tout. Je pense que le monde continue, comme lorsque c'est quelqu'un d'autre qui meurt. D'un*

point de vue subjectif, je crois que l'on en revient à la même non-existence qui prévalait avant la naissance. Ou la conception, si vous préférez. Au début, on a du mal à accepter l'idée que l'on ne va plus exister, mais ça devient un peu plus facile quand on songe à tous ces siècles, à tous ces millénaires qui se sont écoulés avant notre naissance, sans que le monde s'en porte plus mal.

– On entend parler d'expériences du seuil de la mort…

– Le tunnel ? La lumière blanche ? Une espèce d'hallucination, qui selon toute vraisemblance est d'ordre physiologique et que la médecine sera certainement capable d'expliquer un jour. Je n'aurai pas l'occasion de la connaître, cette explication, mais je pense que je peux vivre sans elle. Ou mourir sans elle, réflexion faite.

– De l'humour noir. Ricaner devant le gibet…

– Voilà une image qui mérite d'être modernisée. Pas facile de trouver une véritable potence en ces temps éclairés. Bon, plutôt l'aiguille que la corde… Mais maintenant, c'est à vous. Que pensez-vous qu'il arrive quand nous mourons ?

Il n'hésite pas.

– Je pense que nous nous éteignons, Preston, à la façon d'une lumière. À mon avis, ça revient à s'endormir, mais sans rêver ensuite ni se réveiller. Et pourquoi aurait-on tant de mal à y croire ? S'imagine-t-on que le bétail passe directement de l'abattoir au paradis des vaches ? Qu'aurait-elle de si particulier, notre conscience, pour qu'on lui permette de survivre ? (Il se fend de son petit sourire triste.) Même si je m'attends à être entraîné dans le tunnel jusqu'à la lumière blanche. Sauf que lorsque je déboucherai à l'autre bout, je cesserai d'exister. Je me fondrai ou non à cette lumière, et de toute façon, qu'est-ce que ça change ?

– J'aimerais bien revenir demain, Preston.

– Je vous en serais reconnaissant. Vous croyez qu'on vous y autorisera ?

– Je ne pense pas avoir de problèmes. Le directeur de la prison estime que je risque d'obtenir des résultats.

– M'aider à me résigner à mon sort ?

Il fait signe que non.

– Il espère que vous allez m'expliquer où est enterré le corps du petit Willis.

– Mais…

– Mais si je vous crois sincèrement innocent, comment puis-je viser un tel objectif ? C'est ce que vous alliez dire ?

Il acquiesce.

– Il se peut, je le crains, que je n'ai pas tout dit lors de mon entretien avec M. Humphries. Je l'ai peut-être amené à penser que je crois que vous croyez, vous, être innocent.

Il lui expose en deux mots l'hypothèse évoquée devant le directeur de la prison, à qui il a expliqué que l'on pouvait s'illusionner, qu'un homme engagé dans un processus de dénégation de ses crimes pouvait très bien parvenir à se convaincre lui-même qu'il n'en avait vraiment commis aucun.

– C'est ce que vous pensez ?

– Si je pense que ça se passe parfois ainsi ? J'en ai la certitude. Si je pense que c'est ce qui vous arrive, à vous ? Absolument pas.

Applewhite réfléchit.

– Mais comment pourriez-vous en être sûr ? s'étonne-t-il. Même si vous étiez équipé d'un détecteur de mensonges intégré, il se contenterait de vous apprendre que je dis ce que je crois être la vérité. Sauf que si je me suis moi-même raconté des histoires…

– Ce qui n'est pas le cas.

– *Vous en avez l'air vraiment certain.*
– *Je ne l'ai jamais été autant.*

En repartant, il demande au gardien de le conduire au bureau du directeur.
– *Je crois que je fais des progrès,* annonce-t-il *à Humphries. Ce n'est plus qu'une question de temps.*

Lorsqu'il quitte la prison, il pleut, un petit crachin qui s'apparente à de la bruine. Il a du mal à régler correctement les essuie-glaces, ce qui fait que conduire devient plus une corvée qu'un plaisir.

Il arrive au Days Inn en milieu d'après-midi, le parking est quasiment vide. Il se gare derrière et rejoint sa chambre. Il est un peu tôt pour boire un verre, mais pas trop tôt pour appeler quelqu'un.

Il se trouve qu'il y a un message sur sa boîte vocale. Il l'écoute, l'efface. Il passe trois communications, toutes à des numéros figurant sur sa liste préenregistrée. La troisième fois, c'est une femme qu'il contacte ; et désormais il change de voix, adopte un ton plus grave, pèse ses mots.

– *J'ai pensé à toi,* lui dit-il. *Plus que je ne l'aurais dû, d'ailleurs. Je suis obligé de faire un boulot qui tient de la gageure, et je devrais m'y consacrer à plein temps, mais au lieu de ça je me retrouve à penser à toi. Putain, si seulement je savais ! Dans quatre ou cinq jours, sans doute. J'aimerais bien pouvoir te dire où je me trouve. C'est un endroit où prévaut une attitude différente envers la vie privée. Ça ne m'étonnerait pas que mon téléphone soit sur table d'écoute. Mon portable ? Je l'ai laissé à la maison ; ici, il n'y aurait pas de réseau. Si tu me laissais un message, il m'attendrait jusqu'à mon retour. Je t'expliquais donc certaines choses, mais je ferais mieux de me taire. Oui, dès que je suis au courant. Et puis tu me manques. Plus que je ne peux le dire.*

Il raccroche, et se demande s'il n'a pas commis une erreur en refusant d'admettre qu'il l'appelait depuis son portable. Il avait activé l'option « appel masqué », de façon à ce que quiconque possédant l'option « identification d'appel » se retrouve devant un écran affichant « numéro indisponible ou correspondant se trouvant hors de la zone de couverture ». Mais les pépins, ça arrive : a-t-elle l'option « identification d'appel » ? Il n'avait jamais pensé à vérifier, ce qui, conclut-il, est un péché par omission. Pas forcément un péché grave, ce ne devrait pas avoir d'incidence, mais enfin il préférerait s'en remettre le moins possible au hasard.

Il est en train de relever ses e-mails lorsqu'il s'aperçoit qu'il n'a rien mangé depuis vingt-quatre heures. Il n'a pas faim, il n'a jamais faim, cependant il lui faut se sustenter régulièrement.

Emporia n'est pas une grande ville, elle a environ cinq mille habitants, mais c'est le chef-lieu du comté de Greensville, et il s'y trouve un Outback Steakhouse. Il en avait remarqué l'enseigne à plusieurs reprises, près de la sortie de l'autoroute qui donne dans la nationale 58. Il s'enfonce d'une quinzaine de kilomètres à l'intérieur de la Virginie, se débrouille pour arriver à bon port et commande une côte de bœuf saignante avec des frites et de la salade, ainsi qu'un grand verre de thé glacé sans sucre. L'ensemble est bon, la viande effectivement saignante, selon son désir, une heureuse surprise dans cette région où tout est trop cuit et presque toujours grillé.

Sur la route, pour regagner le motel, il se demande ce que voudra manger Preston Applewhite pour son dernier repas.

*Mercredi matin. Il n'est pas loin de midi, et il est évident qu'Applewhite attendait son arrivée avec impatience. Ils échangent une poignée de main, puis il lui pose la main gauche sur l'épaule.*

À peine vient-il de s'asseoir sur la chaise blanche qu'Applewhite prend la parole :

– J'ai repensé à ce que vous avez dit hier.

– J'ai dit des tas de choses, et ça m'étonnerait que l'une d'elles mérite que l'on s'y attarde.

– Sur l'hypothèse que vous avez soumise à Humphries. À savoir qu'un homme peut être coupable tout en se croyant sincèrement innocent.

– Ah oui, ça...

– La seule chose dont je suis sûr, depuis le début, c'est que tout le monde a commis une erreur épouvantable. Je sais que je ne les ai pas tués, ces petits garçons.

– Évidemment que vous ne les avez pas tués.

– Mais si ce que vous dites est vrai...

– Dans certains cas seulement... Des inadaptés sociaux, des types à qui il manque une case. Vous n'êtes pas comme ça.

– Qu'en savez-vous ?

– Je le sais.

– Et moi, qu'est-ce que j'en sais ? Faites-moi confiance, j'aimerais bien vous croire sur parole, mais à part ça, comment en être sûr ? Vous voyez sur quoi débouche la logique : une énigme. Si je suis innocent, je devrais le savoir. Mais si j'étais coupable et si j'avais réussi à me persuader du contraire, je devrais aussi savoir que je suis innocent...

– Regardez-vous un peu, Preston.

– Que je me regarde ?

– Regardez le genre d'homme que vous êtes, que vous avez toujours été. Avez-vous jamais commis un acte de violence ?

– Si j'avais tué ces petits garçons...

– *Non, avant. Avez-vous frappé votre femme ?*

– *Je l'ai repoussée une fois. Tout au début de notre mariage. On s'était disputés et j'essayais de sortir. Je voulais aller faire un tour pour me remettre les idées en place, mais elle se cramponnait à moi. Un peu comme si je partais au Brésil... alors je l'ai poussée pour qu'elle me lâche. Et elle est tombée.*

– *Et... alors ?*

– *Je l'ai aidée à se relever, on a bu un café et, bon, ça s'est arrangé.*

– *L'histoire des brutalités que vous avez exercées contre votre épouse s'arrête là ? Et avec vos enfants ? Vous les battiez ?*

– *Jamais. On n'était pas partisans de ce genre de méthodes, ni l'un ni l'autre. Et je n'ai jamais éprouvé envers eux une colère telle qu'elle demande à s'exprimer physiquement.*

– *Examinons un peu votre enfance, d'accord ? Vous avez déjà torturé des animaux ?*

– *Ça non, alors ! Pourquoi aurait-on...*

– *Jamais mis le feu ? Je ne parle pas de feux de camp chez les scouts. Je veux parler de tout ce qui peut aller de la simple bêtise à la pyromanie.*

– *Non.*

– *Vous pissiez au lit, tout petit ?*

– *Peut-être, à l'époque où mes parents m'apprenaient à être propre. Sincèrement, je ne m'en souviens pas, j'avais, je ne sais pas, deux ou trois ans...*

– *Et à dix ou onze ans ?*

– *Non, mais je ne vois pas le rapport.*

– *Ça recoupe le profil habituel du tueur en série ou de l'auteur de crimes sexuels. Pisser au lit, mettre le feu, maltraiter des animaux... Vous ne rentrez dans aucune de ces trois catégories. Et vos préférences sexuelles ? Vous vous êtes déjà envoyé des petits garçons ?*

– *Non.*

– *Vous en avez eu envie ?*

– *Même réponse : non.*

– *Les petites filles ?*

– *Non.*

– *Vraiment ? Quand vous aviez la quarantaine, les adolescentes n'ont pas commencé à vous tenter ?*

*Applewhite réfléchit à la question.*

– *Je ne dirai pas que je ne les ai jamais remarquées, répond-il, mais ça ne m'a jamais branché. Depuis toujours, les filles et les femmes vers lesquelles j'ai été attiré avaient mon âge.*

– *Et les hommes ?*

– *Je n'ai jamais eu de relations sexuelles avec un homme.*

– *Ou un jeune garçon ?*

– *Non plus.*

– *Ça ne vous a jamais tenté ?*

– *Non.*

– *Vous n'avez jamais trouvé un homme attirant, même sans avoir aucune envie de passer à l'acte ?*

– *Pas vraiment.*

– *Pas vraiment ?… Mais encore ?*

– *Je n'ai jamais été personnellement attiré par un homme, mais il peut m'arriver de constater qu'un homme est séduisant ou non, d'une manière générale.*

– *Vous m'avez l'air affreusement normal, Preston.*

– *Je l'ai toujours pensé, mais…*

– *Et vos fantasmes sexuels ? Ne me dites pas que vous n'en avez jamais eu. Ça, c'est trop normal pour être normal.*

– *Quelques-uns.*

*Ah, il venait de toucher une corde sensible.*

– *Si vous préférez ne pas en parler, Preston…*

– *On est restés longtemps mariés. J'étais fidèle. Mais parfois, cependant, quand on faisait l'amour…*

– *Vous aviez des fantasmes.*

– *Oui.*

– *Ce n'est pas très original. Avec d'autres femmes ?*

– *Oui. Des femmes que je connaissais, d'autres… que je m'imaginais.*

– *Avez-vous déjà parlé de vos fantasmes avec votre femme ?*

– *Évidemment pas. C'était impossible.*

– *Y avait-il des hommes dans vos fantasmes ?*

– *Non. Enfin… il arrivait parfois que des hommes soient présents. De temps à autre, ça se passait lors d'une fête avec tous nos amis, les gens se déshabillaient et ça se terminait en mêlée générale.*

– *Ça vous aurait plu, de réaliser ce fantasme ?*

– *Si vous connaissiez ces gens, répond-il, vous sauriez que c'est absolument inconcevable. C'était déjà assez dur comme ça de les faire se comporter ainsi dans mon imagination.*

– *Et vous n'aviez jamais eu de rapports sexuels avec un homme, dans ces fantasmes ?*

*Il fait signe que non.*

– *Il ne se passait rien de tel. Au mieux, je me partageais une nana avec un autre mec.*

– *Ce qui, dans votre cas, est resté purement imaginaire ?*

– *Bien sûr.*

– *Vous n'avez pas suggéré à votre femme de mettre ça en pratique ?*

– *Surtout pas ! Je n'aurais pas eu envie de le faire, mais comme fantasme, c'était excitant.*

– *Il y avait des enfants, dans ces fantasmes ?*

– *Aucun.*

– *Pas de petits garçons ni de petites filles ?*

– *Non.*

– *De la violence ? Des viols, des tortures ?*

– *Non.*

– *On ne forçait pas une femme à faire ce qu'elle ne voulait pas ?*

– Jamais. Il n'y avait pas besoin de les forcer. Elles avaient toutes envie de tout faire. C'est l'une des choses qui permettent de dire qu'il s'agissait d'un fantasme.

Ils s'esclaffent, ce que ne méritait peut-être pas cette réponse.

– Preston ? Vous êtes-vous écouté ? Il est inconcevable que vous ayez pu faire ce que l'on vous reproche.

– Je l'ai toujours su, mais… enfin, je suis soulagé, Arne. Vous m'avez donné des sueurs froides, à moins que je me sois fait peur tout seul… (Il parvient néanmoins à sourire.) Évidemment, reprend-il, la mauvaise nouvelle, c'est qu'après-demain je vais avoir droit à la piquouze…

– Ça va se passer vers midi, lui explique Applewhite. J'ai toujours cru que ce serait à minuit. Je veux dire que toute ma vie, quand je pensais aux exécutions, j'imaginais qu'elles avaient lieu en pleine nuit. Quelqu'un appuie sur un interrupteur, et la lumière baisse dans tout l'État. J'ai dû voir un film à un âge où j'étais impressionnable. Et je crois me souvenir d'un reportage à l'extérieur d'une centrale, devant laquelle des gens s'étaient rassemblés pour protester contre la peine de mort, tandis que d'autres organisaient parallèlement un pique-nique pour fêter l'exécution du pauvre bougre qui allait se prendre la décharge électrique de sa vie. On ne peut pas orchestrer ce genre de réjouissances en plein jour. Il faut que le ciel soit sombre pour que tout le monde puisse admirer les feux d'artifice…

Propos amers, ton détaché. Intéressant.

– Le juge qui m'a condamné n'a jamais évoqué l'heure, uniquement la date, ajoute-t-il. Il appartient au directeur de la prison de régler les détails, et Humphries n'a sans doute pas envie de forcer les gens à veiller tard.

83

– *Ils vous ont expliqué à quoi vous devez vous attendre ?*

– *Plusieurs fois. Ils ne veulent pas de surprises. On viendra me chercher entre onze heures et onze heures et demie. On me conduira dans la pièce et on m'attachera sur le lit chirurgical. Un médecin sera présent et des gens assisteront à la scène, de l'autre côté d'une baie vitrée. Je ne sais pas trop à quoi elle sert, cette baie vitrée. Pas à l'isolation phonique, car il y aura un micro, pour leur permettre d'entendre mes derniers mots. On me laisse faire un petit laïus. Je ne vois pas du tout ce que je suis censé raconter…*

– *Ce que vous voulez.*

– *Peut-être que je garderai le silence. « L'Alabama laisse passer son tour… » D'un autre côté, pourquoi rater l'occasion d'envoyer un message ? Je pourrais faire une déclaration en faveur de la mise en place d'une assurance santé à l'échelon national. Ou bien contre la peine de mort, sauf que je ne suis pas certain d'y être opposé.*

– *Ah bon ?*

– *Je n'ai jamais été contre la peine de mort, avant que tout cela arrive. Si j'ai fait ce que l'on me reproche, alors oui, je mérite de le payer de ma vie. Sinon, et s'il n'y avait pas de peine de mort, bon… je pourrais passer le reste de mes jours dans une cellule où il y aurait plus de bruit et beaucoup moins de confort que dans celle-ci, méprisé par des gens que n'importe comment je n'ai pas envie de fréquenter. Je me ferais probablement assassiner en prison, comme Jeffrey Dahmer.*

– *Les gens derrière la baie vitrée… souffle-t-il.*

– *Des journalistes, j'imagine. Et des parents des victimes, veillant à ce que justice soit faite, veillant à ce qu'on en finisse. Je me souviens de ce qu'ont dit certains d'entre eux lors du procès, au moment où il était question de la peine à m'infliger ; et sur le coup je les ai haïs, mais enfin… comment pourrais-je leur en vou-*

84

*loir de me détester ? Ils ne savent pas que ce n'est pas moi le coupable.*

*– Non.*

*– Si ma mort les soulage un peu, si elle leur permet de tourner la page, eh bien... je pourrai dire alors que je ne meurs pas absolument pour rien. Sauf que ce sera le cas...*

*– D'autres personnes présentes ?*

*Applewhite fait signe que non.*

*– Pas que je sache. On m'a expliqué que je pouvais inviter quelqu'un. Ça, c'est pas piqué des hannetons ! Je me suis bien demandé quel genre de personne pourrait accepter ce genre d'invitation, et s'il en existe une, comment je pourrais supporter d'être dans la même pièce qu'elle. Mes parents sont morts depuis longtemps – Dieu merci, en l'occurrence –, et même si ma femme était restée avec moi, même si mes enfants venaient régulièrement me rendre visite, aurais-je vraiment envie qu'ils me voient une dernière fois avec une aiguille dans le bras ?*

*– Quand même... ça me paraît affreux d'être seul en un moment pareil.*

*– Mon avocat a proposé de venir. Ça doit sans doute faire partie de sa déontologie, un truc auquel il ne peut pas couper au terme de l'une de ses affaires les moins réussies. Je lui ai dit que je ne voulais pas qu'il soit là, et il dû prendre sur lui pour ne pas avoir l'air soulagé.*

*Allez, l'adjure-t-il en silence. Qu'est-ce que tu attends ?*

*– Arne ? Pensez-vous que...*

*– Bien sûr, répond-il. Je suis honoré que vous me choisissiez.*


*Il veille tard mercredi soir, et il regarde un porno sur la télévision à la carte du motel. Même dans le Sud* protestant confit en dévotions, c'est l'argent qui fait la loi. Chacun est maître chez soi, même s'il s'agit d'une alcôve louée pour la nuit, et on est libre d'y faire ce que l'on veut dans la mesure où on est prêt à payer 6, 95 dollars pour chaque film X.

Lesquels ne l'excitent pas. C'est presque toujours comme ça avec la pornographie. Néanmoins ça le distrait. Non pas l'intrigue, vu ce qu'il en est. Il n'y prête pas attention. Le dialogue est crispant, et il aurait bien regardé en sourdine, mais ça l'aurait empêché d'entendre également les autres bruits — le fond sonore, l'effet produit par une fermeture Éclair que l'on baisse, le ronron d'un vibromasseur, une gifle…

Il regarde le tout, s'en imprègne et gamberge. Il y a un verre de scotch sur la table à côté de lui, il en boit de temps à autre une gorgée. Quand le film se termine, il en reste encore un peu au fond du verre, dilué dans l'eau des glaçons qui ont fondu. Il le verse dans le lavabo et va se coucher.

Le lendemain jeudi, il passe plusieurs heures dans la cellule d'Applewhite. Leur rituelle poignée de main est maintenant devenue une accolade. Applewhite, qui se sent d'humeur à évoquer le passé, parle longuement de son enfance. C'est assez intéressant, et cependant ça ne réserve aucune surprise.

Ils sont interrompus. On laisse entrer un médecin, qui arrive avec un pèse-personne banal sur lequel il fait dûment monter Applewhite, dont il note le poids sur son calepin.

– Ça lui permet de bien calculer la dose, explique Applewhite une fois qu'il est parti. Pourtant, on pourrait croire que, par mesure de prudence, ils vont vous administrer systématiquement trois ou quatre fois la dose mortelle. Qu'est-ce qu'ils essaient de faire ? D'économiser deux ou trois dollars sur des produits chimiques ?

– Ils veulent entretenir l'illusion qu'il s'agit là d'une méthode scientifique.

– Ça doit être ça. Ou alors ils veulent être sûrs que leur lit chirurgical est assez solide et ne va pas céder sous moi. Vous savez, ils s'éviteraient bien des ennuis et réduiraient les dépenses s'ils vous donnaient la possibilité de vous suicider. On pourrait tresser une corde avec les draps déchirés en bandes, mais où voulez-vous l'accrocher?

– Vous vous suicideriez, si vous le pouviez?

– J'y ai pensé. J'ai lu un livre, il y a des années, un thriller, dans lequel un type, je crois que c'était un Chinois, se suicidait en avalant sa langue. Croyez-vous que ce soit possible?

– Je n'en sais rien du tout.

– Moi non plus. J'allais essayer, mais…

– Mais quoi, Preston?

– Je n'en ai pas eu le cran. J'ai eu peur que ça marche.


– Ce soir, je peux manger ce qui me fait plaisir. Dans les limites du raisonnable, m'a-t-on précisé. Vous savez, ça ne m'a pas dérangé de manger ce qu'il y avait sur le plateau. Mais maintenant qu'on me laisse le choix, je ne sais pas quoi commander.

– Ce qui vous plaît.

– Le gardien m'a fait un clin d'œil, en me disant qu'il serait sans doute en mesure de m'apporter un verre si je le voulais. Je n'ai rien bu depuis mon arrestation. Je ne crois pas en avoir envie à présent. Vous savez ce que je crois que je vais commander?

– Non, quoi?

– De la glace. Pas en dessert. Un repas entier à base de glace.

– Avec de la crème et un nappage?

– Non, de la glace à la vanille nature, mais beaucoup. Bien fraîche, vous comprenez ? Et sucrée, mais pas trop. De la glace à la vanille, voilà ce que je vais commander.

– Vous arrive-t-il de penser au véritable meurtrier ?
– Avant, oui. C'était la seule façon de me disculper… qu'on finisse par le retrouver. Mais on ne le cherchait pas, et pourquoi en aurait-il été autrement ? Toutes les preuves me désignaient.
– Il devait y avoir de quoi enrager.
– Et comment ! Ça me rendait dingue. Parce que ce n'était pas seulement une coïncidence. Quelqu'un s'était donné la peine de dissimuler sur place des preuves qui m'incriminaient et je ne voyais personne qui aurait eu des raisons de me vouer une telle haine. Je n'avais pas tellement d'amis intimes, mais je n'avais pas d'ennemis non plus. Pas que je sache.
– Il ne s'est pas contenté de détourner les soupçons sur vous, il a tué, et de façon horrible, trois petits garçons innocents.
– Eh oui… Ce n'est pas comme s'il avait détourné l'argent d'une société et truqué les comptes pour compromettre un collègue. Un truc comme ça, on pourrait le comprendre, il y a une logique à la base. Mais il a fallu que ce type soit un inadapté social ou un psychopathe, quel que soit le terme exact, et il a aussi fallu qu'il fasse une fixation sur moi… qu'il soit obnubilé par l'idée de me faire porter le chapeau. J'ai peut-être l'air parano, de parler de cet ennemi sans visage, mais il faut bien que quelqu'un ait manigancé tout ça, ce qui ferait de lui un ennemi, et moi, je ne vois absolument pas de qui il peut s'agir.
– Il ne sera pas capable de s'arrêter.
– Comment ça ?

88

– Il a dû prendre plaisir à commettre ces meurtres. Vous détruire, cela faisait à l'évidence partie de son plan, mais s'il a tué aussi ces petits garçons, c'est qu'il s'agit d'un malade. Il va recommencer, d'une façon ou d'une autre, et tôt ou tard il se fera prendre. Il finira peut-être par avouer tous ses crimes, ce genre de personnage joue souvent les fanfarons après son arrestation. Si bien qu'en définitive il n'est pas impossible qu'on finisse par vous innocenter.

– Ça me fera une belle jambe...

– J'ai bien peur d'être de votre avis.

– Mais bon... enfin, les Willis découvriraient où leur fils est enterré. Ce n'est pas rien, j'imagine.


– Arne, reprend-il. Vous pensez à quelque chose ?

– En fait, oui.

– Ah bon ?

– Il y a un truc que je ne vous ai pas dit, et franchement je ne sais pas si je dois ou non vous en parler. Eh merde ! Maintenant, je ne peux plus y couper, pas vrai ?

– Je ne comprends pas.

– Non, comment pourriez-vous ? Voilà ce dont il s'agit, Preston. Je dispose d'une information... ça pourrait vous contrarier de la connaître, mais ça risquerait aussi de vous contrarier davantage ultérieurement de ne pas être au courant.

– Après le tunnel et la lumière blanche, il y a une autre cellule identique à celle-ci.

– Ça alors, quelle idée ! En réalité, ça m'aide à me décider. Votre force, le fait que vous gardiez la tête froide...

– Peu importe de quoi il s'agit, Arne, dites ce que vous avez sur le cœur.

– Ça concerne ce qui va se passer demain. L'injection mortelle... On va procéder en trois temps, comme *vous le savez. Trois substances seront injectées par voie intraveineuse. D'abord du thiopenthal sodique, qu'on appelle communément le sodium de penthotal, et que l'on considère en général, même si c'est inexact, comme le sérum de vérité. Classé parmi les hypnotiques, il calme, détend et empêche de ressentir quoi que ce soit. Ensuite le Pavulon, un dérivé du curare, dont les Indiens d'Amérique du Sud enduisent le bout de leurs flèches. C'est un paralysant. Ça paralyse les poumons et bloque la respiration. Enfin, une dose massive de chlorure de potassium arrête le cœur.*

*– Et c'est fini.*

*– Oui, mais il y a de bonnes raisons de penser que cette façon de procéder n'est pas indolore, comme on le prétend, mais qu'en réalité elle est atrocement douloureuse. Ceux qui assistent à la scène ne s'en aperçoivent pas parce que le visage de l'individu ne change pas d'expression, mais c'est uniquement parce que ce n'est pas possible, les muscles étant paralysés par le Pavulon. En réalité, il est en proie à des douleurs épouvantables, qui se poursuivent jusqu'à l'instant de sa mort.*

*– Putain...*

*– Cependant, je ne vois pas comment on peut le savoir. Personne n'est jamais revenu faire un compte rendu basé sur son expérience personnelle. De sorte que ce que je suis en train de vous dire, à mon avis, c'est que vous devriez savoir que vous risquez de souffrir. Et je vous en ai parlé car j'ai l'impression que ce serait pire si vous étiez pris au dépourvu, mais c'était peut-être une erreur de ma part. Je vous ai peut-être donné là un sujet d'inquiétude tout à fait inutile, pour les dernières heures qui vous restent à vivre.*

*– Sauf que ce ne sera pas le cas, conclut Applewhite. Tout se passe comme si ce n'était plus une question de douleur. Une fois que l'on s'est habitué à l'idée que*

*l'on va mourir, qu'est-ce que ça change si on souffre
un peu? Ou même davantage? En tout cas, ça ne va
pas durer longtemps.*

*– Voilà une attitude formidable, Preston!*

*– Ce n'est pas ça qui va m'empêcher de déguster ma
glace, je vous le garantis.*


Il a pris la I95 vers le sud et ralentit lorsqu'il aperçoit le panneau de l'Outback Steakhouse, mais il
décide de continuer. Il y a un Circle K près du Days Inn
où il est descendu, et il peut s'y arrêter pour s'acheter
un demi-litre de glace à la vanille et le ramener dans sa
chambre.

# 7

T.J. commença par s'occuper du numéro en question. C'était celui de son portable, lui avait dit Louise, avec 917 comme préfixe, soit l'un des deux indicatifs réservés aux téléphones mobiles dans New York et les environs. Il existe sur Internet un annuaire inversé dont il savait se servir, et c'était sur lui qu'il comptait pour trouver un nom et une adresse. Mais le numéro n'était pas répertorié.

– Il est peut-être entré dans un magasin pour acheter un téléphone à carte. C'est comme ça qu'on fait quand on deale. Tu entres dans un magasin de la 14e rue, tu achètes un portable, tu paies en liquide et le tour est joué. Tu n'es même pas obligé de donner ton nom vu que tu ne souscris pas d'abonnement, tu achètes simplement un portable à carte, prêt à être utilisé. Quand la carte est presque vide, tu retournes au magasin la faire recharger.

– Et tout ça incognito.

– En ce qui te concerne, oui. Que le magasin déclare ou non la vente, on s'en fout complètement, pas vrai ?

– C'est pas ça qui va nous empêcher de dormir. J'imagine qu'on n'est pas obligé d'être dealer pour se procurer un portable comme ça.

– Le mien, je l'ai eu comme ça. C'est moins compliqué, et puis on ne reçoit pas de facture tous les mois. On coupe également au télémarketing. Pas besoin de s'inscrire sur la liste «Stop Pub» étant donné qu'on ne figure pas dans l'annuaire.

– Ce qui présente des avantages certains, je suis bien obligé de le reconnaître. La seule façon de faire encore mieux, ajoutai-je, ce serait de ne pas avoir de portable du tout. Quant à David Thompson, ce serait étonnant qu'il ait envie de jouer à cache-cache. C'est un rédacteur publicitaire pigiste. Si personne ne connaît son numéro de téléphone, comment trouve-t-il du travail?

– Ses clients ont le sien. Comme pour les dealers.

– Et pour en trouver de nouveaux?

– Là, il y aurait un problème.

– Il a expliqué à Louise que dans son métier c'est quitte ou double. Quand on crève la dalle, je crois pas qu'on ait envie que les gens aient du mal à vous joindre. Il doit avoir plus d'un téléphone.

– Sauf s'il est con.

– Il a sans doute un fixe dans son bureau. Il se peut qu'il ne lui en ait pas communiqué le numéro parce que c'est sa ligne professionnelle.

– Ou bien parce qu'il n'est pas ce qu'il prétend être.

– Ce qui n'est pas à exclure.

– Il y a des tas de David Thompson dans l'annuaire. Sans compter les D Thompson…

– Il faut commencer par là.

Ce qui ne nécessitait pas non plus d'avoir des compétences en informatique, juste une version sédentaire de cette espèce de ténacité que j'ai apprise au sortir de l'École de police. L'esprit MCVCP, autrement dit «Magne-toi le Cul et Va Cogner aux Portes». C'était précisément ce que j'avais fait, au sens figuré, toutefois, en donnant des coups de téléphone et en épluchant les pages blanches de l'annuaire de Manhattan pour relever les David et les D Thompson.

– Je ne suis pas certain que vous soyez bien la personne que je recherche, déclarais-je à tous ceux qui me répondaient. J'essaie de joindre le David Thompson qui travaille comme rédacteur dans la publicité directe.

Un homme me fit remarquer que l'un des avantages de la publicité directe, c'est qu'elle ne vient pas vous déranger dans la journée comme ça peut être le cas avec un appel téléphonique. Mais dans l'ensemble les gens sur qui je tombais se montraient assez polis, même s'ils ne m'étaient d'aucun secours : ils n'étaient pas le David Thompson en question et ils n'avaient jamais entendu parler de cet individu. Je les remerciais, traçais une croix en face de leur nom et passais au suivant.

On en était là quand j'entrai en communication avec un être en chair et en os, ce qui n'était pas si fréquent. La plupart du temps, je tombais sur un répondeur ou une messagerie vocale, moyennant quoi je laissais un message disant pour l'essentiel ce que j'aurais dit à un être humain, en indiquant également mon numéro de téléphone. Je n'escomptais pas que beaucoup de gens me rappellent, mais on ne sait jamais, et il était toujours possible que quelqu'un écoute son répondeur, histoire de savoir qui c'était avant de décrocher. Ce qui est arrivé une fois. J'avais débité la moitié de mon petit laïus quand une femme intercepta mon appel et m'expliqua que son mari n'était pas rédacteur de pub, mais courtier d'assurances auprès de la Vermont Life. Mais après tout, suggéra-t-elle, elle pourrait peut-être faire quelque chose pour moi : quand avais-je, pour la dernière fois, évalué de manière précise mes besoins en matière d'assurance ?

– Il faut croire que ça me pendait au nez, répondis-je. Voilà ce que je vous propose : je ne vous appellerai plus, et de votre côté vous ne m'appellerez pas.

Au fil du temps, j'ai fait la connaissance de deux ou trois individus qui travaillent dans la pub, mais si c'était chez les Alcooliques anonymes que je les avais rencontrès, je ne savais pas, en règle générale, quel était leur nom de famille, ni où ils travaillaient. Il y avait un dénommé Ken McCutcheon que j'avais croisé lorsque j'avais arrêté de boire, mais je n'avais plus de nouvelles de lui depuis longtemps, et je passai beaucoup de temps à appeler des gens qui, à mon avis, ne l'avaient peut-être pas perdu de vue. L'un d'eux finit par se souvenir qu'il était allé s'installer à Dobbs Ferry, dans le comté de Westchester. Je retrouvai un numéro à son nom, non pas à Dobbs Ferry, mais tout près, à Hastings, et je tombai sur une dame qui se révéla être sa femme. Ken était mort depuis six ans, non sept ans, m'annonça-t-elle. J'étais désolé de l'apprendre, lui dis-je. Elle me demanda comment je m'appelais et comment j'avais fait sa connaissance.

Il était mort, et n'importe comment elle avait été son épouse, de sorte que le problème n'était donc pas de préserver son anonymat, et de mon côté je n'en ai jamais fait toute une histoire de garder le mien. Je lui expliquai que je l'avais rencontré chez les Alcooliques anonymes, et j'eus la surprise de l'entendre me demander si je continuais toujours à ne pas boire. Je lui répondis par l'affirmative.

– Dans ce cas, me dit-elle, vous faites partie de ceux qui ont de la chance. Ken a connu neuf ans, neuf ans extraordinaires, et il a dû s'imaginer qu'il était guéri. Qu'il était capable de s'arrêter de boire, point à la ligne. Il suivait son traitement par intermittence. Il a passé un mois dans un centre Hazelden. Il est revenu en avion, je l'ai retrouvé à l'aéroport et à son arrivée il était ivre. Ensuite il n'a pas dessoûlé pendant un an ou deux, après quoi il est mort d'une attaque.

Je m'excusais de l'avoir dérangée, elle s'excusa pour sa part de m'en avoir raconté plus que je n'avais envie d'en savoir.

– Je devrais changer de numéro, conclut-elle. Dans l'annuaire. Mais je n'en ai jamais eu le temps.

– On n'aime plus trop appeler ça le publipostage, m'expliqua Bob Ripley. Ne me demande pas pourquoi. De nos jours, c'est soit du marketing direct soit de la publicité directe. C'est à peu près tout ce que je sais là-dessus, mais je connais un mec qui pourra éclairer ta lanterne, y compris pourquoi tu reçois tous les mois six exemplaires du *Land's End*.

J'aurais dû sans doute penser à Bob plus tôt. Je l'avais vu moins de deux ans auparavant, le fameux soir où je m'étais arrangé pour que ce soit Ray Gruliow qui prenne la parole lors de la réunion organisée à Saint-Paul. Comme lui, Bob faisait partie du Club des trente et un, et il était aussi vice-président de Fowler & Kresge. Je ne savais pas ce qu'il fabriquait à ce titre, mais je savais que F&K était une agence de pub, et ça me suffisait.

Mark Safran, le type auquel il m'adressa, assistait à une réunion, mais je laissais mon numéro en mentionnant Bob, et il me rappela dans l'heure qui suivit.

– Je pourrais vous parler longuement du marketing direct, dit-il, mais vous essayez de retrouver un type bien précis, c'est ça ?

– Ou de découvrir que celui-ci n'existe pas.

– Ce ne serait pas évident, car on dénombre une foule de rédacteurs de pub pigistes, et on aurait du mal à prouver qu'il ne s'agit pas de l'un d'eux. Ce n'est pas comme dans le cas des médecins ou des avocats, il n'y a absolument aucune association professionnelle à laquelle on est tenu d'appartenir. Aucun organisme municipal ou fonctionnant à l'échelon de l'État qui délivre des licences, comme ce doit être le cas, j'imagine, dans votre domaine.

Je ne bronchai pas.

– Le fait est, reprit-il, que l'on réalise pratiquement tout en interne, et quand il y a des charrettes et qu'on

96

est obligés de faire appel à un indépendant, on s'adresse à quelqu'un avec qui on a déjà bossé. Si bien que chacun dispose de sa propre liste de six ou huit mecs. Ensuite il y a les grosses agences, mais votre gus n'en est pas puisqu'il travaille en free-lance. Vous savez ce que je vais faire ? Je vais vous mettre en contact avec l'un des types auxquels on a recours.

Il me communiqua un nom et un numéro de téléphone, et il fut facile de croire que le type en question était à son compte, vu que ce fut effectivement lui qui me répondit lorsque je l'appelai sur sa ligne privée.

– Peter Hochstein…

Quand je lui expliquai ce qui m'amenait, il me demanda le nom de ma proie.

– Je ne le connais pas, me dit-il, mais ça ne prouve rien. Je ne rencontre pas mes collègues. Les trois quarts du temps, je reste chez moi à travailler. Et même si j'avais entendu parler de lui, il n'a pas un nom que l'on retient.

– Non, c'est vrai.

– Il se pourrait qu'il appartienne à l'Asssociation du marketing direct, mais ce n'est sans doute pas le cas. Elle rassemble en majorité des entreprises, car les cotisations sont onéreuses. En revanche, il ne serait pas impossible qu'il figure gratuitement dans *Who's Charging What*. Vous pourriez vous renseigner, et regarder aussi dans *Adweek* et *Advertising Age*.

Il multiplia les suggestions, je notai le tout. Si David Thompson avait gagné un prix ou fait un discours, il serait probablement mentionné sur Internet ; mais cela pourrait aussi être une fausse piste dans la mesure où il avait un nom extrêmement courant.

– Vous pourriez retrouver ma trace de cette façon, m'expliqua Hochstein. La mienne et celle du Peter Hochstein tueur à gages qui purge une peine de réclusion criminelle à perpétuité dans le Nebraska, sans parler du scientifique allemand du même nom.

Il suggéra que David Thompson risquait fort d'être introuvable de cette façon.

– Je figure dans *Who's Charging What*, poursuivit-il, car c'est gratuit, alors pourquoi pas ? Mais je ne passe pas d'annonces dans *Advertising Age*, ni dans les publications spécialisées dans le marketing direct. Je ne crois pas ça vaille le coup de claquer du fric pour ça, et je ne suis pas le seul. La plupart de ceux qui exercent ce métier depuis un moment sont de mon avis. Un peu comme si on avait cessé de croire dans l'efficacité de la pub, ce qui est drôle, quand on y pense. Je n'appartiens pas davantage à une organisation professionnelle. Mon travail, ce sont toujours des confrères qui me le procurent, et puis… quel genre de client va s'adresser à vous parce qu'il a lu votre annonce ? Ça ne risque pas plus d'arriver que de trouver du boulot parce qu'on figure dans les Pages jaunes.

Je le remerciai et je fis aussitôt ce que j'aurais dû faire dès le départ : je cherchai Thompson dans les Pages jaunes, non pas l'annuaire professionnel destiné au grand public, non, mais celui qui s'adresse aux entreprises. Il n'y avait pas de rubrique consacrée aux rédacteurs spécialisés dans le marketing direct, mais il en existait une pour ceux qui œuvraient dans la publicité, et je ne fus pas surpris de ne pas y trouver David Thompson.

Pas trace de lui non plus dans la dernière page d'*Advertising Age* et d'*Adweek*, les deux revues dont il avait parlé et que l'on trouve dans les kiosques. Je pris le taureau par les cornes, m'installai devant l'ordinateur d'Elaine et m'en fus sur Google voir les sites auxquels il avait fait allusion.

Tout le monde m'explique que grâce à Internet on gagne un temps fou, et que l'on a du mal à comprendre comment on peut s'en passer. Je ne dis pas le contraire, mais chaque fois que je me branche dessus j'en viens à me demander comment les gens occupaient leur temps libre avant que les ordinateurs ne viennent les accaparer. Je restai scotché tout l'après-midi devant ma bécane, sans pouvoir en décoller, jusqu'à ce qu'Elaine serve le repas.

Elle avait eu envie de voir si elle avait des e-mails, me dit-elle, mais elle n'avait pas voulu me déranger. À quoi je répondis que j'aurais bien aimé être dérangé et que je m'étais décarcassé pendant des heures sans obtenir de résultat probant.

– Je ne suis pas arrivé à retrouver l'autre connard, déclarai-je. Je n'ai pas réussi à aller sur la moitié des sites Internet qui m'intéressaient et je me suis retrouvé à faire ma petite enquête sur Peter Hochstein par l'entremise de Google, ne me demande pas pourquoi. Il ne déconnait pas : il y a bien dans le Nebraska un tueur à gages du même nom qui purge une peine de réclusion criminelle à perpétuité. Au départ, il a été condamné à la peine de mort, mais la sentence a été commuée en appel, et c'est vrai que c'est un cas très intéressant, même si je serais bien en peine de t'expliquer pourquoi j'ai passé près d'une heure à lire des machins là-dessus.

– Tu sais ce que je pense ? Je pense qu'on devrait se payer un deuxième ordinateur.

– C'est marrant, parce que moi, ce que je crois, c'est qu'on devrait se débarrasser de celui qu'on a.


Les quartiers de New York ont rarement des frontières bien tracées. Ils résultent d'un consensus variable entre les journalistes, les agents immobiliers et les riverains, et il n'est pas toujours possible de dire où l'un s'arrête et où commence l'autre. Kips Bay, où habitait David Thompson ou du moins où prétendait vivre celui qui prétendait être David Thompson, désigne le secteur qui touche Kips Bay Plaza, ce complexe immobilier bordé par les 30ᵉ et 33ᵉ rues et par les Première et Deuxième Avenues. Le quartier que l'on appelle Kips Bay part probablement de la 34ᵉ rue pour descendre vers le sud et de la Troisième Avenue pour s'étendre vers l'est. Les hôpitaux de Bellevue et de l'université de New York occupent tout le périmètre compris entre la Première Avenue et la voie rapide Franklin Delano Roosevelt. C'est au sud qu'il est le plus difficile de déterminer la frontière de Kips Bay, mais si vous occupiez un appartement à l'angle de la 26ᵉ rue et de la Deuxième Avenue, je ne crois pas que vous diriez que vous habitez Kips Bay.

La zone en question n'était pas très vaste, quelle que soit la façon dont on voyait les choses, et je ne mis guère plus de temps pour la traverser à pied qu'il ne m'en avait fallu la veille pour ne rien apprendre, ou presque, sur Internet. C'est un secteur essentiellement résidentiel, où se trouvent bon nombre de sociétés prestataires de services et de restaurants fréquentés par les gens du coin. Je le parcourus pour montrer la photo de David Thompson dans les épiceries, portoricaines ou autres, les teintureries et les kiosques à journaux. «Avez-vous vu ce type dans le coin?», demandais-je aux marchands de fruits et légumes coréens et aux cordonniers italiens. «Connaissez-vous cet homme?», demandais-je aux portiers dominicains et aux serveurs grecs. Inconnu au bataillon. Idem auprès d'un facteur qui effectuait sa tournée, de l'employé d'un magasin de reprographie et d'un îlotier qui commença par estimer que c'était plutôt à lui de poser des questions, mais qui se ravisa lorsqu'il s'aperçut que j'avais moi-même fait partie de la police et qu'en plus j'avais connu son père.

– Il ressemble à des tas de mecs, déclara-t-il. Comment s'appelle-t-il?

Je le lui dis, il hocha la tête en notant que ça ne nous avançait pas beaucoup, pardi... Lui-même s'appelait

Danaher, et je gardais de son père le souvenir d'un type jovial qui venait vous serrer la main et aurait pu aussi bien diriger en même temps un quartier dans une prison. Il habitait Tucson, m'apprit son fils, où il jouait au golf tous les jours, sauf quand il pleuvait, m'apprit-il encore.

– Et il ne pleut jamais, ajouta-t-il.

S'il ne plut pas à Tucson cette nuit-là, il plut à New York. Je restais chez moi à regarder sur ESPN une émission décevante consacrée à la boxe. Le lendemain, temps frais et ciel dégagé à l'aube, et à New York la journée promettait d'être radieuse. T.J. et moi nous nous retrouvâmes pour prendre le petit déjeuner et comparer nos notes, et nous en conclûmes que nous faisions des progrès au sens où l'entendait Thomas Edison lorsqu'il déclara connaître désormais douze mille substances qui ne feraient pas un bon filament d'ampoule électrique. Nous recensâmes à peu près autant de façons de ne pas retrouver David Thompson, et je commençais à me demander si on allait jamais réussir à lui mettre la main dessus.

Je n'avais aucune tâche à confier à T.J., si bien qu'il rentra chez lui s'installer devant son ordinateur, tandis que de mon côté je regagnais mes pénates à temps pour recevoir un coup de fil de l'un des David Thompson à qui j'avais laissé un message. Il voulait me signaler qu'il n'était pas celui que je recherchais. Dans ce cas, pourquoi s'était-il donné la peine de m'appeler ? Je le remerciai et raccrochai.

En milieu d'après-midi, je me rendis compte que le seul contact éventuel que j'avais avec le David Thompson de Louise était son numéro de téléphone et donc, pourquoi ne pas le mettre à contribution ? Je n'arrivais pas à l'exploiter, j'étais incapable d'y accoler un nom ou une adresse, mais ce que je pouvais faire, c'était l'appeler et voir qui répondrait. Je passai à l'acte, au début personne ne répondit, puis au bout de cinq sonneries sa boîte vocale se déclencha et une voix synthétique m'invita à laisser un message. Je préférai raccrocher.

Je me dis que je tomberais peut-être sur Louise dans la soirée au cours d'une réunion, mais ce ne fut pas le cas et je lui passai un coup de téléphone.

– Je ne sais pas, soupira-t-elle. Je vous ai peut-être engagé un peu trop vite. Depuis, je n'ai eu aucune nouvelle de lui. J'ai horreur de me faire larguer sans même en être prévenue.

– Vous avez essayé de l'appeler ?

– S'il me largue, je n'ai pas envie de lui faire ce plaisir, vous comprenez ? Sinon, je ne voudrais pas le bousculer. Je suis de la vieille école, moi : dès qu'il est question pour une fille d'appeler un garçon…

– D'accord.

– Oh, et puis merde ! Si je suis capable d'envoyer un détective lui filer le train, ça ne doit pas être la mer à boire de lui passer un coup de bigo ! Attendez, Matt, je vous rappelle.

Ce qu'elle fit presque aussitôt.

– Pas de réponse. Juste sa boîte vocale, et puis non, je n'ai pas laissé de message. Je n'ai même pas demandé quoi que ce soit. Vous avez découvert quelque chose sur lui ?

Je lui répondis que j'avais consacré quelques heures à cette affaire, mais que je n'avais pas grand-chose à lui montrer. Je ne lui dis pas que j'étais carrément sur le point d'inventer l'ampoule électrique.

– Bon, conclut-elle, vous devriez peut-être arrêter les frais, vous savez ? Car s'il ne me donne plus jamais de nouvelles, tout cela n'a plus d'importance. Si je suis en train d'oublier un mec, je n'ai visiblement pas besoin d'en savoir beaucoup sur son compte.

Dans une enquête, j'ai tendance à me comporter comme un chien avec un os, et j'ai aussi la réputation de continuer à m'y intéresser après que le client m'a dit de laisser tomber, mais là, en l'occurrence, je n'eus aucun mal à arrêter. Ça m'aurait été plus difficile si j'avais trouvé quelque chose de positif, mais je ne voyais rien d'autre à faire que d'attendre qu'il sorte avec elle pour pouvoir le filer ensuite jusque chez lui. Ce qui n'était pas évident s'il ne la recontactait jamais.

En fin d'après-midi je me retrouvai à la bibliothèque Donnell, située dans la 31e rue Ouest, à lire un bouquin sur le marketing direct. Ça ne me servirait pas à retrouver David Thompson, mais je m'étais suffisamment intéressé à certains aspects du sujet en effectuant des recherches sur Internet pour accepter de passer une heure ou deux à survoler la question. Après quoi je rejoignis à pied la boutique d'Elaine, sise dans la Neuvième Avenue ; je pensais lui tenir compagnie et rentrer avec elle après la fermeture, mais elle n'y était pas.

Monica, si, et elle y avait passé presque tout l'après-midi.

– Je suis venue faire un tour, m'expliqua-t-elle. Je me disais qu'on pourrait passer une heure à se raconter des histoires de bonnes femmes. Je me suis arrêtée dans un Starbucks pour prendre deux cappuccinos. Dès qu'elle a eu fini le sien, elle m'a déclaré que j'étais un amour et m'a demandé si je ne pourrais pas garder le magasin pendant qu'elle courait aux Tepper Galleries assister à une vente aux enchères. Depuis, je suis coincée ici, et un seul cappuccino ne dure pas éternellement, de sorte que je meurs d'envie de boire un café.

– Pourquoi ne pas fermer un quart d'heure, le temps d'aller t'en chercher un ?

– Parce que pour ça, mon cher Matthew, il faudrait

avoir la clé, or ta brave épouse n'a pas jugé utile de me la confier. Je suis sûre qu'il y en a un double planqué quelque part, mais je ne l'ai pas trouvé. Tu veux bien garder la boutique pendant que je vais nous chercher deux cafés ?

– Non, c'est moi qui y vais. Tu as dit un cappuccino ?

– Oui, mais j'ai changé d'avis. Prends-moi quelque chose de vraiment dégueulasse, d'accord ? Un truc du style frappuccino Starbuck au caramel, et tellement sucraillé qu'on ne sent plus le goût du café, mais dans lequel on a rajouté deux expressos pour le corser. Qu'est-ce que tu en dis ?

Que c'était épouvantable, mais que ce serait elle qui le boirait, ce breuvage. Je répétai la commande mot pour mot, et la blonde qui se tenait derrière le bar, avec un anneau au nez, ne moufta pas. Je rapportai la boisson au magasin, et nous trouvâmes de quoi discuter jusqu'à ce qu'Elaine réapparaisse et nous explique qu'elle avait passé un après-midi fructueux à suivre des enchères.

En guise de récompense pour avoir gardé le magasin, Monica eut droit à un bon repas au Paris Green. Ce furent les deux femmes qui firent presque toute la conversation, l'une ou l'autre s'excusant régulièrement de m'infliger ces commérages. Mais personne ne parla du mystérieux copain de Monica.

Nous la mîmes dans un taxi, puis nous revînmes chez nous. Juste comme nous entrions, mon portable sonna. C'était Louise.

– Il m'a téléphoné, m'annonça-t-elle. Hier soir… en s'excusant platement de m'appeler à une heure pareille et de ne pas avoir donné de signe de vie plus tôt. Il est débordé et ce week-end il ne sera pas à New York, mais on a rendez-vous lundi soir. Il était trop tard hier soir pour que je vous appelle, et puis aujourd'hui c'était moi qui ne savais plus où donner de la tête. En plus, je voulais réfléchir un peu.

– Et… alors ?

– Eh bien, il est évident qu'il ne me largue pas, et moi, il me plaît, voilà tout. Je crois qu'on pourrait éventuellement construire quelque chose. Et puis… il vient un moment où il faut avoir confiance, où il faut se lâcher et croire en quelqu'un.

– Et donc vous voulez qu'on arrête cette enquête ?

– Hein ? ! Vous voulez rire ! Je viens de dire qu'il faut que je lui fasse confiance, et comment puis-je lui faire confiance, à cet enfoiré, si je ne sais pas exactement à qui j'ai affaire ? Je vous appelle pour vous donner le feu vert.

# 8

*Il est levé avant que le réveil sonne. Il prend une douche, se rase, s'habille. Il a mis de côté des vêtements de rechange pour ce jour-là, slip propre, chemise blanche impeccable. Il enfile le costume gris foncé qu'il portait lors de sa première visite à la prison, mais dédaigne la cravate argentée au profit d'une noire. Il opte pour le sombre. On ne court pas de risques avec le sombre.*

*Il se regarde dans la glace, satisfait de ce qu'il voit. Sa moustache aurait-elle besoin d'être taillée ? Rien qu'à y penser, il en sourit. Il se la lisse entre le pouce et l'index.*

*Ses chaussures ne sont pas sales, mais un coup de cirage ne leur ferait pas de mal. Y a-t-il un cireur de chaussures dans un rayon de quatre-vingts kilomètres ? Il n'y croit guère. Mais quand il a acheté la glace au Circle K (et il s'en est pris deux litres, et non pas un, et les a complètement finis), il s'est aussi procuré une petite boîte plate de cirage noir Kiwi.*

*Entre autres services offerts par certains motels, un chiffon jetable qui permet au client de cirer ses chaussures, cela moins pour son confort que pour épargner les serviettes. Ce Days Inn a fait preuve de négligence, tant pis pour lui ! Il se sert d'un gant de toilette pour étaler le cirage et d'une serviette pour lustrer ses souliers.*

*Avant de partir, il en passe une autre sur les endroits qu'il risque d'avoir touchés. Il n'a pas pour habitude de toucher les choses sans raison, et l'on ne va pas relever les empreintes digitales dans cette chambre, mais c'est le genre de trucs qu'il fait systématiquement, alors pourquoi pas ?*

*Il a tout son temps, et l'on n'a jamais tort de prendre des précautions. On n'est jamais trop prudent.*

*Il allume son ordinateur, se branche sur Internet, relève ses e-mails. Visite les forums de discussion Usenet, auxquels il est abonné, lit quelques rubriques. Ça ne chôme pas sur un forum de discussion où il est question de l'exécution imminente de Preston Applewhite ; et il prend connaissance des nouvelles interventions. Il relève quelques remarques provocatrices qui se sont glissées au milieu des déclarations scandalisées et prévisibles des farouches adversaires de la peine de mort, auxquelles répondent les applaudissements de ses partisans inconditionnels, dont le seul regret est que la scène ne soit pas télévisée.*

*Télévision à la carte, songe-t-il. C'est juste une question de temps.*

*Il se déconnecte, achève de faire ses bagages et quitte le motel par la porte de derrière. Inutile de régler la note, car on a pris l'empreinte de sa carte de crédit. Tout comme il est inutile de rendre la carte en plastique qui fait office de clé. Il a lu que l'on y stocke automatiquement dessus quantité d'informations et qu'on pourrait théoriquement s'en servir pour connaître les allées et venues d'un client. Il n'est pas certain que ce soit vrai, et même si c'était le cas, il sait que l'on recycle systématiquement les cartes et que les données codées sont bel et bien effacées quand on les reprogramme pour un autre client et une autre chambre. Mais pourquoi tenter le diable ? Il emporte la clé et s'en débarrassera dans un autre État.*

*Il est dix heures vingt lorsqu'il s'arrête devant la guérite de la prison ; le gardien le reconnaît et lui adresse un sourire macabre. Il se gare à l'endroit qui est devenu sa place habituelle, se regarde dans le rétroviseur, se lisse la moustache et se dirige vers l'entrée. Le soleil est haut dans un ciel presque sans nuages, et il n'y a pas un souffle d'air. Il va faire chaud.*

*Pas à l'intérieur, toutefois, où, grâce à la climatisation, on a toute l'année de l'air sec et frais. Il passe par le détecteur de métaux, montre ses papiers à des hommes qui le connaissent de vue, puis on l'escorte dans une petite pièce réservée aux gens qui assistent à l'administration du châtiment suprême.*

*On l'y introduit à onze heures moins le quart, une heure et quart avant que l'on entre comme prévu dans le vif du sujet ; et il y a déjà une demi-douzaine d'individus présents, quatre hommes et deux femmes. L'un des hommes, qui a quelques années de moins que lui et porte une chemise avec cravate mais pas de veste, cherche à engager la conversation. Il est sûr qu'il s'agit d'un journaliste, et il ne veut pas lui parler, ni à lui ni à personne, d'ailleurs. Il lui adresse un hochement de tête pour couper court.*

*Il a la surprise de constater que l'on a prévu à l'intention des spectateurs une petite collation disposée sur une table, carafe de café, thé glacé, pour accompagner une assiette de beignets et une autre remplie de petits gâteaux au son et au maïs. Il n'a pas envie de manger quoi que ce soit et considère que ce serait quelque peu déplacé, mais enfin il se sert un café.*

*Et il s'assoit sur une chaise. Pas mal, les sièges. La salle des spectateurs est longue et étroite, chaque chaise juste à côté de la grande baie vitrée. Il est aussitôt frappé de constater qu'ils se trouvent tout près de ce à quoi ils vont assister. S'il n'y avait pas le verre pour faire écran, ils pourraient sentir l'haleine du médecin de service, ainsi que la peur de son malheureux patient.*

*Le matériel est en place, le lit chirurgical, le dispositif auquel sont fixés trois flacons et divers appareils médicaux. Il regarde sur sa droite – un homme et une femme de quarante-quarante-cinq ans qui ont les yeux rivés sur une photo encadrée que tient la dame. Leur fils, bien sûr. L'une des trois victimes d'Applewhite.*

*Il remue sur sa chaise et réussit à entrevoir le cliché. La tignasse blonde est un signe caractéristique : ce sont les Willis, les parents du premier petit garçon assassiné, celui dont on n'a jamais retrouvé les restes.*

*L'endroit où se trouve le corps, c'est à l'évidence le secret que Preston Applewhite est bien résolu à emporter avec lui dans la tombe.*

*La porte s'ouvre pour laisser entrer un autre homme qui s'installe sur une chaise, puis voit la collation, se sert un café et prend un beignet.*

*– Ça a l'air bon, dit quelqu'un en se dirigeant vers la table.*

*Le café est en réalité meilleur que l'on pourrait s'y attendre, moins fort qu'il ne l'aurait aimé, mais enfin convenable, et tout frais. Il le finit, repose sa tasse et regarde à travers la vitre.*

*Et laisse remonter les souvenirs…*


*Richmond, en Virginie, qui se trouve à plus de quatre kilomètres de là, mais qui est plus éloignée dans le temps que dans l'espace. Il y a quelques années de ça, le petit Willis – Jeffrey ? – est vivant, tandis que Preston Applewhite est, lui, un homme libre, marié et père de famille, membre respecté de la communauté. Et il assiste une ou deux fois par semaine à un match de basket-ball* qui se déroule sur l'aire de jeux de la municipalité, située à deux ou trois rues de son bureau.

Et il se trouve que lui-même, Arne Bodinson (à l'époque il se présentait sous un autre nom, il lui faut se concentrer pour s'en souvenir) est en train de traverser le terrain. Il n'y est jamais venu, il vient à peine d'arriver à Richmond et il s'arrête pour regarder les hommes jouer à un jeu de jeunes.

Deux d'entre eux sautent pour attraper une balle qui rebondit. Le coude de l'un heurte le visage de l'autre, qui pousse un cri de douleur et s'effondre sur l'esplanade, le nez en sang.

Pourquoi arrive-t-il ce qui arrive? Pourquoi Untel vit-il, alors que tel autre meurt? Pourquoi celui-ci réussit-il quand l'autre échoue? Il va sans dire que l'un des deux principes opératoires doit s'appliquer. Ou bien il y a une raison pour qu'il se passe quelque chose, ou bien il y en a une pour qu'il ne se passe rien. Ou bien tout était codé dans les molécules dès le Big Bang, ou alors chacune de ses constituantes, chaque fois que l'on tourne à droite ou à gauche, chaque coup de tonnerre, chaque lacet cassé, etc., n'est rien d'autre que le fruit du hasard.

Il pourrait soutenir l'une ou l'autre hypothèse, mais en règle générale il incline pour la seconde. Le hasard joue aux dés. Arrive ce qui arrive. On a ce qu'on a.

Réfléchissez-y: n'importe qui aurait pu s'arrêter pour regarder le match de basket-ball, sauf qu'il n'est pas n'importe qui, sauf qu'il est lui-même, le futur Arne Bodinson, avec son passé et sa personnalité. Et même si le temps la rend superflue, il n'en porte pas moins une veste de sport, un mouchoir blanc bien plié faisant office de pochette, ce qui ne lui ressemble pas. Il l'y a glissé ce matin, donc il s'aperçoit qu'il est là, et sans y réfléchir il traverse le terrain au pas de course pour se porter au chevet de l'homme qui est tombé, et sort son mouchoir de sa poche pour arrêter le sang qui coule du nez blessé (mais pas cassé, comme on le constatera plus tard).

Les autres, ses coéquipiers et les membres de l'équipe adverse, se portent rapidement au secours d'Applewhite et ils se dépêchent de le relever et de l'emmener se faire soigner. Et lui il se retrouve là, un mouchoir ensanglanté à la main. Il le regarde, et c'est merveilleux de le dire, il est capable de prévoir tout ce qui va s'ensuivre. Un autre aurait jeté le mouchoir dans la première poubelle venue, lui y voit aussitôt une occasion unique.

Il l'emporte avec soin. Et dès qu'il peut, il le range dans un sac en plastique Ziploc.

Un homme en costume marron, un adjoint du directeur, à tous les coups, entre dans la pièce, se racle la gorge et explique en détail ce qui va bientôt se passer de l'autre côté de la vitre. Il y a déjà eu droit et imagine qu'il en a été de même pour les autres, les parents des victimes, les représentants de la presse et quiconque s'est débrouillé pour obtenir l'un de ces précieux sièges au premier rang.

Mais le type n'est pas seulement venu leur rafraîchir la mémoire. Il est aussi grosso modo l'équivalent du gus dont la tâche consiste à chauffer les spectateurs d'une émission télévisée, à raconter des blagues pour leur donner la pêche, à les exhorter à applaudir lorsqu'on leur montrera le panneau « APPLAUDISSEZ ». Évidemment, le mec en costume marron ne raconte pas de blagues ; et il cherche à faire taire les sentiments, pas à les exacerber.

– N'oubliez pas, insiste-t-il, la solennité de l'événement. Vous éprouverez peut-être le besoin de faire une déclaration. De quoi qu'il puisse s'agir, attendez pour cela que tout soit fini. Le fait de voir cet homme qui vous a causé tant de souffrance peut vous amener à hurler. Si vous pensez ne pas être capable de vous contrôler, je vous demande de me prévenir tout de suite et je vous ferai conduire dans un autre endroit de cet établissement.

Personne ne s'y sent enclin.

– Vous allez assister aux derniers instants d'un homme. Cela interviendra de la façon la moins douloureuse que nous connaissons, mais vous n'en verrez pas moins un homme passer de vie à trépas. Si c'est plus que vous ne pouvez supporter, dites-le-moi maintenant… Bien. Si, le moment venu, vous vous apercevez que vous n'avez pas envie de regarder, fermez les yeux. Ça tombe sous le sens, apparemment, mais il arrive que des gens oublient qu'ils ont ce choix.

L'intervention du type ne s'arrête pas là, mais il n'y prête pas attention. Le compte à rebours est commencé, et il a encore d'autres choses à se remémorer…


Le mouchoir taché de sang glissé dans un sac dont il a tiré la fermeture Éclair, tout ce qui va désormais arriver est bien clair dans son esprit, à l'image d'un scénario déjà écrit, comme s'il lui suffisait de suivre les instructions.

Quand il avait commencé à tuer, il y avait vu le moyen d'atteindre les deux objectifs inséparables que sont le pouvoir et l'argent. C'étaient là les deux choses qu'il croyait vouloir, et le fait de tuer lui avait à l'occasion servi à les obtenir. Il n'a pas été surpris de constater que ça ne le dérangeait pas de tuer, il s'y attendait plus ou moins, mais ce qu'il n'avait pas prévu, c'étaient le plaisir et la satisfaction ressentis pendant l'acte. Il en avait éprouvé de l'excitation et le sentiment d'avoir abouti, comme rien de ce que l'on peut atteindre autrement n'aurait pu le lui procurer.

*Il est difficile de dire quand exactement il a franchi le pas et en est venu à comprendre que l'argent et le pouvoir étaient secondaires, que c'était en tuant qu'il trouvait sa récompense. Il pense que c'est à l'époque où il a acheté le couteau.*

*Il le tient, il le serre dans sa main. Il ressemble à n'importe quel couteau de chasse, sauf qu'il l'a payé deux cents dollars et qu'il en mesure la valeur – rien qu'à voir comme il est bien équilibré et s'adapte à sa main. Il a été fabriqué de façon artisanale par un certain Randall, une figure de légende chez les collectionneurs et parmi ceux qui usinent les couteaux sur établi.*

*Il s'en est servi plusieurs fois depuis qu'il l'a acheté. Il a toujours admirablement rempli son rôle. Et à chaque fois il l'a ensuite nettoyé, en le frottant bien pour y faire disparaître la moindre trace de sang. C'est de l'acier inoxydable, évidemment, et qui ne se corrode pas, mais comme il risque de se glisser du sang à la jointure de la lame et du manche, il a toujours veillé à le faire tremper dans une solution de Clorox diluée. Pas de sang, pas d'ADN, rien qui implique ce couteau ou son propriétaire dans aucun des meurtres qu'il a occasionnés.*

*Maintenant, sachant qu'il ne va pas tarder à s'en servir de nouveau, et sachant également pourquoi et comment, il est surexcité.*

*Cette nuit-là et la suivante il sillonne Richmond en voiture, afin de prendre ses repères. Il découvre où s'attroupent les prostituées. Il n'y a pas de gibier plus facile, il a déjà choisi des prostituées – dans la rue, dans un salon de massage – quand il devait satisfaire en vitesse son envie de tuer, et qu'il n'avait pas le temps de se débrouiller pour que ça sorte de l'ordinaire. L'une d'elles lui avait même semblé à peine surprise de ce qui allait lui arriver, et il s'était demandé si ses sœurs et elle ne s'attendaient pas à finir ainsi, si le meurtre en série ne pouvait pas être considéré comme une maladie professionnelle, au même titre que la silicose chez ceux qui travaillent dans les mines de charbon.*

*Le premier soir, il en choisit presque une, une fille svelte qui en jette, avec son petit short rouge et son minuscule débardeur dos nu. Il n'a qu'à arrêter la voiture. Elle montera à l'intérieur et dès qu'il s'éloignera du trottoir son sort sera réglé. Elle sera la première pauvre victime de l'homme au nez ensanglanté.*

*Mais il a besoin d'en savoir davantage. Sa ligne de conduite est certes toute tracée, encore lui faut-il en préciser les modalités. Dresser un plan.*

*Il en apprend plus qu'il n'a besoin de savoir. Il apprend le nom et l'adresse du type au nez ensanglanté, et il découvre d'autres choses sur lui en effectuant des recherches méticuleuses sur Internet. Marié et père de famille, Preston Applewhite mène une vie quasiment irréprochable. Quelle ironie quand même, qu'il doive enlever, sodomiser et assassiner toute une brochette de petits garçons non moins irréprochables !*

*Car il a fini par se rendre compte qu'une prostituée n'est pas un choix judicieux. Il y en a tellement qui sont contaminées par ceci ou cela que ce n'est pas très ragoûtant d'envisager un contact intime avec elles et leurs fluides organiques. Et puis si jamais la pute qu'il embarque était une auxiliaire de la police ?*

*Plus précisément : la mort d'une pute, ce n'est pas assez scandaleux. Il avait fallu que l'autre mec, là-bas dans l'Oregon, en zigouille plus de vingt pour que ça attire l'attention, et même là les flics ne s'étaient pas beaucoup fatigués à le rechercher.*

*C'est alors qu'en repassant lentement devant le lieu de la scène qui l'avait inspiré la veille, il constate que s'y déroule un autre match de basket. Sauf que les joueurs sont des petits garçons. Des gamins, en réalité, des gamins en short. La moitié d'entre eux portent un maillot, les autres sont torse nu. Aucun n'a de poils sur la poitrine, ni de barbe naissante sur les joues. La jeunesse, l'innocence…*

*Tu butes une pute, personne n'y fera attention. Mais si tu refroidis un môme ?*

*Un jour, voilà ce qu'il a écrit :*

*« J'ai tué aussi bien des hommes que des femmes. Je dirais que lorsque j'assassine des hommes j'ai davantage l'impression d'avoir atteint mon but. D'un autre côté, si l'on s'en tient au plaisir, il n'y a rien de tel que d'assassiner une femme séduisante. »*

*Et un petit garçon ? Il regarde les joueurs de basket, sans parvenir à les considérer comme désirables sur le plan sexuel. Il n'empêche qu'il est indiscutablement excité à l'idée d'en liquider un. Il pourra fabriquer l'aspect sexuel, réquisitionner un objet de forme adaptée en guise de phallus. Il n'aura pas besoin d'éprouver personnellement du désir pour mettre en scène un meurtre sexuel convaincant.*

*En fin de compte, il se surprend lui-même.*

*Ce ne sera que plusieurs jours après qu'il finira par trouver sa victime ; à ce moment-là, il aura déjà fait diverses emplettes. Pour la plupart (du ruban adhésif, une couverture, une bêche, un maillet en caoutchouc) au Wal-Mart du coin, mais il faut aussi compter avec deux articles plus onéreux – une automobile et un ordinateur. Importée du Japon, la voiture a la même taille et la même forme que celle que conduit Preston Applewhite, tandis que l'ordinateur est un portable, un clone d'IBM au prix avantageux. Il a acheté la voiture de façon anonyme auprès d'un particulier – elle a eu un accident, il faudra réparer la carrosserie et le châssis a sans doute été abîmé. Mais elle lui suffit pour ce qu'il veut faire, et elle n'est pas chère.*

*Il a trouvé un endroit à côté du lycée où des adoles-*
*cents attendent qu'on les prenne en stop, et il réussit à*
*en repérer un tout seul dans son coin, qui tend le*
*pouce. Il doit avoir treize-quatorze ans. Trop jeune*
*pour conduire, en tout cas.*

*Il s'arrête, laisse monter le gamin. Il n'est pas mal du*
*tout, blond, le teint hâlé et les avant-bras légèrement*
*bronzés. Fin duvet sur les bras, le visage aussi lisse que*
*celui d'une fille.*

*Est-ce qu'il tapine? Possible; faire du stop est une*
*méthode traditionnelle chez les petits jeunes qui cher-*
*chent à se lever des mecs plus âgés qu'eux. Mais quand*
*même… celui-ci a l'air candide.*

*Il bavarde avec lui, l'interroge sur le sport, sur l'école.*
*– Et les filles? ajoute-t-il. Tu les aimes, les filles?*

*Je préfère les hommes, voilà ce qu'il pourrait*
*répondre, mais non : il dit que les filles, elles sont sym-*
*pas. Tout laisse penser qu'il n'a pas conscience de ce*
*qui se passe.*

*Il marque l'arrêt à un stop et lui montre le plancher,*
*côté passager.*

*– Il y a un gant, là, dans le coin. Tu peux me le pas-*
*ser?*

*Le petit jeune se penche en avant, pour chercher un*
*gant qui ne s'y trouve pas, et de son côté il brandit le*
*maillet, lui fait décrire un bel arc de cercle et le frappe*
*comme il faut à l'arrière du crâne. Assez fort pour le*
*tuer? Non, mais assez pour l'assommer. En un rien de*
*temps, l'ado a les mains ligotées dans le dos, le ruban*
*adhésif servant aussi à le bâillonner.*

*Cinq minutes après, ils se trouvent là où il a prévu de*
*le zigouiller.*

*Et il s'aperçoit qu'il n'a pas besoin de recourir à un*
*phallus de substitution. Le sien fera très bien l'affaire.*
*Le petit jeune a, comme une femme, la peau douce et*
*soyeuse, et le fait qu'il soit sans défense et complète-*

ment vulnérable l'excite au plus haut point. Il n'a pas pensé à amener une capote ; un oubli grotesque résultant de sa certitude que le jeunot ne l'exciterait pas. Il s'engueule : il ne faut jamais avoir de préjugés. Ne jamais avoir d'idées préconçues. Être prêt à toutes les éventualités.

Bref, il prend son pied avec le gamin, mais sans aller jusqu'à l'orgasme. Puis il s'empare du couteau, du beau couteau fabriqué par Randall.

Et ensuite d'une paire de ciseaux, pour lui couper une mèche.

Et après ça encore, de la bêche. Pas pour creuser sa tombe, ça, il l'a fait à l'avance, en prévoyant que ça lui serait utile, mais pour la remplir. C'est sur le terrain d'une ferme à l'abandon, située à l'ouest de la ville, et juste de l'autre côté de la voie express Southside, qu'il va le mettre à mort. Le cimetière privé de sa famille se trouve quant à lui un peu à l'écart de la vieille ferme en ruine. Les pierres tombales sont tellement usées que l'on ne distingue plus ce qui est inscrit dessus, et il y en aura désormais une nouvelle au milieu de la dizaine d'autres. Il la remplit et remet ensuite le gazon en place au-dessus. Pour l'instant, c'est une tombe toute fraîche, mais bientôt on ne la reconnaîtra pas au milieu des autres.

À la tombée de la nuit, il a rentré la vieille Camry toute cabossée dans l'entrepôt qu'il a loué la veille. Si jamais on la découvre, on ne trouvera qu'une voiture sur laquelle il n'y a pas d'empreintes digitales. Tout comme il n'y en aura pas non plus sur les outils rangés dans le coffre – la bêche, le maillet, le superbe couteau. Le rouleau de ruban adhésif.

Il récupère sa propre voiture – une Ford Tempo beige à l'arrière carré –, dans le coffre de laquelle sont ses bagages. Il met cap à l'ouest sur la 64, puis remonte vers le nord en empruntant la 81, le régulateur de

*vitesse réglé légèrement au-dessus de la vitesse autori-*
*sée. Tant qu'il n'a pas quitté la Pennsylvanie, il ne s'ar-*
*rête que pour prendre de l'essence. Là, dans un motel à*
*l'ancienne où la réception sent le curry, il prend une*
*longue douche chaude et fait un paquet des vêtements*
*qu'il a portés, afin de les donner dès le lendemain matin*
*à Goodwill. Il se couche tout nu et revit chaque instant*
*du divertissement de l'après-midi, en commençant par*
*celui où il a fait monter le petit jeune dans la voiture,*
*pour finir sur le dernier coup de couteau…*

*Cette fois, il n'a aucune raison de se priver. Il atteint*
*le paroxysme de la jouissance et pousse un cri, comme*
*une fille qui a mal.*

# 9

*Il est midi, et l'on n'a toujours vu apparaître personne de l'autre côté de la longue vitre. Comme si le rideau s'était levé sur une scène obstinément vide.*

*Où sont-ils passés ?*

*Le gouverneur aurait-il appelé ? Non, certainement pas, car il veut continuer à être gouverneur ; et peut-être même espère-t-il occuper un jour une fonction plus importante. Il ne décrochera pas son téléphone. Tout comme il n'y a pas d'avocat qui au dernier moment a fait appel de la sentence devant une haute cour. Dans le cas de Preston Applewhite, il y a bien longtemps que les voies de recours ont été épuisées.*

*Comme va-t-il, Applewhite ? Il est jeune, il vient juste d'atteindre la cinquantaine, mais enfin il est assez âgé pour avoir une attaque, assez âgé pour avoir une crise cardiaque. Il l'imagine terrassé in extremis dans sa cellule, il se représente le trajet en ambulance, la cavalcade pour lui sauver la vie. Et puis évidemment le sursis à l'exécution, jusqu'à ce qu'on estime qu'il a suffisamment retrouvé la forme pour qu'on le mette à mort.*

*Mais ce n'est certainement là qu'un effet de son imagination qui s'emballe. Les autres spectateurs ne gigotent pas sur leur chaise, pas plus qu'ils ne consultent leur montre. Peut-être qu'une exécution est comme un concert de rock, peut-être que tout le monde sait que ça ne commence jamais à l'heure exacte.*

*Ce n'est pas comme si quelqu'un devait prendre le train. Il semblerait que ce soit le moment de replonger dans ses souvenirs...*

*Deux jours après la mort du petit Willis, il se loue une maison meublée à York, en Pennsylvanie. Il s'est écoulé presque un mois quand il regagne Richmond.*

*Sauf qu'il n'est pas resté inactif. Il s'est fait installer une ligne ADSL pour son ordinateur, et il se branche souvent sur Internet pour effectuer des recherches, relever ses e-mails et voir ce qui se passe dans ses forums de discussion.*

*Il débranche son portable au moins une fois par jour et allume celui qu'il vient d'acheter, et qui pour lui est celui de Preston Applewhite. Sur MS-Word, il rédige un compte rendu haletant sur l'enlèvement et l'assassinat du petit garçon, ne s'écartant de la réalité que pour évoquer les semaines précédant l'acte, comment il a lutté contre cette envie pressante, comment il en a conclu qu'il n'avait d'autre choix que d'y céder.*

*Et puis il reste exprès très vague sur l'endroit où il l'a tué :*

*« Je l'ai emmené dans un lieu privé et agréable. Je savais que personne ne viendrait nous déranger. Il disparaîtra, point à la ligne. Personne n'aura l'idée de venir le chercher à cet endroit... »*

*Sur Internet, il abonne Applewhite au courrier électronique : ScoutMasturbatesit@hotmail.com. Sur le formulaire d'inscription il se présente sous le nom de John Smith, ce qui est plutôt banal, mais en donnant l'adresse suivante : 476 Elm Street. C'est effectivement à ce numéro-là qu'habite Applewhite, même si ce n'est pas dans Elm Street. Comme ville et État, il indique Los*

Angeles, Californie, mais en y accolant le code postal d'Applewhite à Richmond.

Se faisant passer pour ScoutMasturbatesit, il surfe sur le Net pour y trouver des sites pornos, ce qui ne s'avère pas très difficile. En l'espace d'à peine quelques jours, sa boîte de réception se remplit de spams pornos, et à mesure qu'il visite les sites qui promettent de jeunes mannequins hommes et ceux sur lesquels il est question d'amour entre hommes et petits jeunes, il est de plus en plus ciblé par d'autres qui vous proposent du porno avec des gamins. « Tous nos mannequins ont plus de dix-huit ans » (ben tiens…), affirme-t-on sur l'un d'eux.

Il télécharge du porno en payant avec une carte de crédit qui ne permettra pas de le retrouver. Quelques semaines plus tôt, il se trouvait dans un restaurant où il a vu une cliente installée à une autre table régler la note avec une carte de crédit et s'en aller sans ramasser son reçu. Il s'en est emparé avant la serveuse en effectuant un déplacement inutile aux toilettes pour passer devant la table et empocher le bout de papier jaune. Y figuraient le numéro de compte de la dame et la date d'expiration de la carte, tout ce qu'il lui faut pour faire des emplettes sur Internet. Dans un mois ou deux elle épluchera son relevé de compte et, si elle s'en aperçoit, appellera la société qui lui a délivré cette carte pour rouspéter. Mais à ce moment-là il n'en aura déjà plus besoin, de son compte.

De retour à Richmond, il cherche à avoir accès à la maison d'Applewhite, ainsi qu'à sa voiture et à son bureau.

Cela se révèle facile. Applewhite a souscrit un abonnement mensuel au parking couvert situé tout près de son bureau. Il s'y rend, se renseigne sur les tarifs, les heures et les conditions d'accès, et trouve le moyen de poser des questions jusqu'à ce qu'il arrive à subtiliser les clés d'Applewhite, en profitant d'un moment d'inattention du gardien. Il lui faut un double du trousseau pour sa copine, explique-t-il au serrurier, lequel sourit et lui dit qu'il le croit, que lui-même est marié depuis dix-huit ans et que sa femme n'a toujours pas la clé de sa voiture...

C'est la même qui ouvre la portière et le coffre. D'autres sont aussi également accrochées à l'anneau, et il en fait faire des doubles, sachant qu'il y en aura forcément une pour la villa et une autre pour le bureau. Il lui faut moins d'une heure pour revenir faire un tour au garage, et il lui suffit de déposer les clés sur une table où elles auraient très bien pu être tombées du tableau où on les accroche.

Tard dans la nuit, longtemps après que les lumières se sont éteintes chez Applewhite, il se glisse dans le garage qui n'est pas fermé à clé et ouvre le coffre de la voiture. Il a apporté une vieille couverture militaire achetée dans le magasin de l'Armée du salut de York, il la déroule dans le coffre, la frotte ici et là, puis la ressort et la replace dans son sac en plastique.

Deux jours plus tard il change de voiture, monte dans la Camry noire et laisse la Tempo beige dans l'entrepôt. Il se met en route à la sortie des classes et ne tarde pas à embarquer un garçon plus âgé et aussi plus instruit que Jeffrey Willis. Scott Sawyer a quinze ans, un regard complice et un sourire en coin. Son tee-shirt est trop petit, et son jean usé lui moule les cuisses et les fesses de façon provocante. Quand le petit jeune monte dans la Camry, il allonge un bras sur le dossier du siège et s'efforce d'avoir l'air séduisant.

Le résultat est comique, mais pourtant il ne rit pas.

– Je crois que tu vas trouver quelque chose d'intéressant dans la boîte à gants, dit-il au garçon.

Puis, au bon moment, il lui flanque un coup de maillet en caoutchouc sur la nuque.

*Il y a, au nord-ouest de la ville, un club de loisirs qui a fait faillite, un peu à l'écart de la Creighton Road quand on se dirige vers Old Cold Harbor. L'établissement est en vente, et le panneau correspondant est là depuis assez longtemps pour avoir servi de cible à ceux qui s'amusent à tirer depuis une voiture qui roule. Le golf à neuf trous est envahi par les herbes folles, les pelouses sont laissées à l'abandon, les fairways sont devenus une vraie jungle. Il avait déjà inspecté les lieux auparavant et choisi un endroit. Arrivé au milieu du terrain, le petit jeune reprend connaissance, essaie de crier malgré le ruban adhésif, tente de se dégager les mains et, retenu par sa ceinture de sécurité, se débat dans tous les sens.*

*Il lui dit d'arrêter et, comme le gamin continue à se débattre, il s'empare du maillet pour lui en filer un bon coup sur le genou. Fini de gigoter.*

*Sur le terrain de golf, il longe le rough qui borde le cinquième trou, extirpe le garçon du véhicule et l'entraîne dans les bois. Il l'immobilise en lui brisant les rotules avec la bêche, le déshabille et l'installe en position idoine, après quoi il met une capote et le viole.*

*Le plus jeune, Jeffrey Willis, était plus attirant. Plus doux, plus petit, doté d'une innocence autrement palpable... Et puis il y avait aussi la nouveauté de s'envoyer quelqu'un de son sexe. Malgré tout, ce qu'il fabrique avec Scott Sawyer l'excite drôlement, et nul besoin de différer sa jouissance. Mettant le paquet, il tend le bras, attrape le couteau – il lui va si bien dans la main ! – et frappe, frappe...*

*Il enveloppe le corps dans une couverture, celle qui se trouvait dans le coffre de la voiture d'Applewhite, où elle a pu récolter des fibres du revêtement tout en y laissant par ailleurs les siennes. Le moindre contact entraîne un échange de fibres, ce qui explique pourquoi il a procédé ainsi avec la couverture, et pourquoi aussi* il s'est débarrassé de ses vêtements quand il a tué le petit Willis. Il va procéder de même avec ceux-ci, tous, jusqu'aux tennis qu'il a aux pieds. Ils vont être tachés par l'herbe et récolter des résidus du sol, ce qui n'aura aucune importance car ils finiront par atterrir en Pennsylvanie, dans une borne de récupération au profit des déshérités, et aucun laboratoire de la police ne viendra jamais les examiner.

Il entreprend de creuser une tombe, mais il se fait tard et il est fatigué, et dans la terre s'enchevêtrent des racines d'arbres, ce qui empêche d'aller profond. En plus, il va vouloir qu'on le retrouve, ce corps.

Il coupe une boucle de cheveux et la glisse dans une enveloppe de papier cristal. Il la range dans le coffre de la Camry, avec les outils dont il aura besoin la prochaine fois qu'il ira à Richmond.

Il laisse le corps enveloppé dans la couverture de l'armée, entasse des broussailles au-dessus et retourne à l'entrepôt, où il troque la Camry contre la Tempo. Il emprunte la 64, puis la 81. La capote dont il s'est servi, et au bout de laquelle il a fait un nœud pour empêcher le contenu de couler, est posée sur le siège à côté de lui. Quand il a franchi la limite de l'État de Virginie pour entrer dans le Maryland il baisse sa vitre, balance le paquet et poursuit sa route.

Quinze jours plus tard, il en a marre de York. Il a payé jusqu'à la fin du mois, de sorte qu'il garde les clés pour se ménager la possibilité de revenir, mais il efface toute trace de son séjour pour ne pas y être obligé. Il retourne à Richmond et commence à préparer le terrain, à poser des jalons.

Figure maintenant sur le disque dur de son ordinateur portable bon marché une description du deuxième meurtre. Il reste encore assez vague sur l'endroit où il l'a tué comme sur celui où il s'est débarrassé du corps, ce qui ne l'empêche pas de dire qu'il s'agit d'un golf. Il télécharge et stocke sur son disque dur une carte en gros plan du club de loisirs qui a fait faillite, telle qu'on en trouve sur MapQuest. On peut également y lire deux brouillons d'un texte dans lequel il disserte, en se faisant passer pour Applewhite, sur la moralité du meurtre, et justifie ses actes en s'appuyant sur un raisonnement qui, il doit bien le reconnaître, doit beaucoup au marquis de Sade, mais aussi à Nietzsche et à Ayn Rand. Il efface l'un des deux brouillons, dans lequel il est explicitement fait allusion à l'assassinat de Jeffrey Willis et à celui de Scott Sawyer, en sachant qu'il pourra être récupéré. L'autre, qui traite du même sujet mais en moins accablant, il l'enregistre sur le disque dur et l'accompagne de cette note :

« Publier ça ? Où ? »

Un après-midi, il se rend en voiture dans le quartier d'Applewhite, en banlieue. Il n'y a là aucun des deux véhicules, et la journée scolaire n'est pas terminée. Il s'introduit dans la villa et va d'une pièce à l'autre en tremblant d'excitation. Applewhite a son petit coin à lui, qui à tous les coups doit être pointé comme « siège social » dans sa déclaration d'impôts, et il range son ordinateur dans un tiroir de son bureau.

Puis il prend des chaussettes et un slip dans la commode de la chambre et une chemise et un pantalon de treillis dans le placard. Sur la chemise est agrafée l'étiquette d'une blanchisserie, et le pantalon, accroché à une patère, a été porté au moins une fois depuis le dernier lavage.

Des chaussures ? Il en examine une paire, avant de se souvenir des tennis abîmées qu'il a aperçues tout à l'heure dans le garage, et qui sont certainement réservées au jardinage. L'idéal, pour ce qu'il a en tête.

La question n'est plus vraiment de choisir sa pro-

*chaine victime, puis de se débarrasser d'elle ; car son principal souci, c'est le piège qu'il va tendre à Preston Applewhite. Ne t'emballe pas, se dit-il. Prends le temps de sentir les fleurs. Et puis, n'oubliant pas qu'il s'est moins amusé avec Scott Sawyer qu'avec Jeffrey Willis, il s'efforce de sélectionner sur l'éventail qui s'offre à lui un petit garçon plus jeune et plus innocent.*

*Sur Internet, les forums de discussion et les serveurs pour pédophiles (et oui, il s'est branché dessus, et ScoutMasturbatesit s'est lui-même fendu de remarques à l'adresse de plus d'un) lui ont appris un vocabulaire nouveau. D'un garçon qui arrive à l'adolescence, on dit qu'il «s'éclôt» et qu'il porte encore «le velouté de la jeunesse». Voilà ce qu'il recherche, et voilà ce qu'il trouve chez un individu de treize ans, Marcus Leacock. Qui est loin de faire du stop quand il le découvre, mais rentre simplement chez lui à pied en sortant de l'école.*

*Il conduit désormais la Camry. Et il est allé se changer dans l'entrepôt. Il relève les manches de la chemise d'Applewhite ainsi que les revers du pantalon de treillis. Il nage aussi un peu dans les tennis et il a essayé de les porter en mettant des mouchoirs en papier au bout, mais a fini par y renoncer. Elles ne sont pas si grandes, et ce n'est pas comme s'il allait parcourir une longue distance avec.*

*– Eh toi, mon gars…? Viens voir un peu. Il y a une adresse que j'ai du mal à trouver.*

*Délicieux. Il s'est assez promené sur les serveurs consacrés aux relations entre hommes et jeunes garçons pour avoir peu d'estime envers les pédophiles, mais leur enthousiasme n'est pas totalement incompréhensible. Sur le terrain de golf laissé à l'abandon il prend son temps avec Marcus, et il en retire davantage de plaisir, ce qui exacerbe nécessairement les affres et la douleur chez le petit jeune. Bon, on a parfois l'impression que la vie est un match nul, pas vrai? Ce qui* représente un gain pour l'un signifie une perte pour l'autre, et l'on sait à quel cas de figure on préfère correspondre.

Toujours est-il qu'il ne s'y éternise pas et une fois qu'il en a fini avec l'ado, celui-ci n'a ni souffrance à endurer ni souvenir de la souffrance. Il est parti, là où vont peut-être les gens.

Où que ça puisse être…

Et puis la dernière touche : le corps, moins une mèche de cheveux, recouvert de branchages et d'une couverture, à quelques mètres de celui de Scott Sawyer. En dessous – on l'a apparemment laissé tomber et oublié –, le mouchoir qui est à l'origine de tout et qui deux mois plus tôt s'est imbibé du sang d'Applewhite. Le maillet, la bêche, le ruban adhésif et les ciseaux, rangés au départ dans le coffre de la Camry et transbordés en pleine nuit dans celui du véhicule d'Applewhite, où on les retrouvera dissimulés avec la roue de secours. La dizaine de capotes dans leur boîte, moins les deux qu'il a utilisées, sont, elles, planquées au fond de la boîte à gants d'Applewhite – on pourra ainsi démontrer qu'elles correspondent aux résidus organiques retrouvés sur les corps. Les vêtements qu'il portait, les tennis, les chaussettes et le slip, le pantalon de treillis, la chemise portant encore l'étiquette de la blanchisserie, tout ça atterrit dans un sac poubelle, lui-même jeté dans le coffre, comme si Applewhite avait l'intention de s'en débarrasser.

Osera-t-il pénétrer une fois de plus dans la maison ?

Il ose, et s'y déplace lentement et en silence. Il n'y a pas de chien ni d'alarme antivol. C'est un quartier sûr, une banlieue où il y a peu de délinquance, et les Applewhite dorment tous du sommeil du juste. Là, dans leur villa plongée dans l'obscurité, il lui vient à l'esprit un plan de rechange. Il a le couteau sur lui. Serait-il difficile d'assassiner les enfants dans leur lit, de trancher *la gorge de l'épouse endormie et de maquiller le meurtre du maître de maison en suicide?*

*Non, se dit-il. Mieux vaut s'en tenir aux dispositions initiales, mieux vaut laisser l'État de Virginie se charger d'administrer le châtiment.*

*Il colle avec du ruban adhésif les trois enveloppes de papier cristal sous le tiroir du bureau. Le couteau, le superbe couteau fabriqué par Randall et sur lequel il a effacé toute tache de sang visible et ses empreintes digitales, mais qui porte sûrement encore des traces de sang des trois victimes, il a plus de mal à s'en débarrasser.*

*Raison de plus pour le faire. On ne peut pas se permettre de trop s'attacher à quoi que ce soit – lieux, biens, individus… On ne doit s'attacher qu'à soi-même, et cela sans réserve. Si ton œil droit est pour toi source de péché, laisse béton; si cette maison, ou bien cette voiture, ou encore ce couteau fabriqué à la main te réjouit à l'excès, débarrasse-t'en.*

*Le couteau termine dans un tiroir du bureau. Alors qu'il quitte la maison, tout doucement et en silence, la douleur de le perdre se transmue en satisfaction d'avoir adopté la ligne de conduite qui s'imposait. Et puis, quand même… après tout, ce n'est qu'un couteau, qu'un outil, que le moyen d'atteindre un objectif. Il finira bien par en trouver d'autres, des couteaux, et il en chérira certains autant qu'il a aimé celui-ci.*

*Il roulait avec la Camry, il la garde et emprunte la nationale 95 pour aller à Washington. Il y arrive au matin. Il amène la voiture à une station de lavage, puis il se gare dans une rue pas loin de Dupont Circle, la clé sur le contact et les vitres baissées. Il prend le métro à Union Station, persuadé qu'on l'aura volée quand son train partira pour Richmond.*

*Il se rend au garage-entrepôt qu'il a loué, récupère la Ford et s'en va avec.*

*Quarante-huit heures plus tard, après que la disparition du jeune garçon a fait la une des journaux et les gros titres aux infos télévisées, après que s'est manifesté un témoin oculaire qui avait vu un jeune garçon correspondant au signalement de Marcus Leacok monter dans une petite berline de couleur sombre, il appelle (avec un autre téléphone portable qu'on ne pourra pas utiliser pour remonter jusqu'à lui) le numéro vert destiné à ceux qui ont des tuyaux sur cette histoire. Il dit avoir remarqué une voiture foncée qui quittait l'ancien club de loisirs de Fairview, le soir de la disparition du petit jeune, et précise qu'il avait trouvé ça suffisamment louche pour en noter le numéro d'immatriculation, mais que ça s'arrête là.*

*Et, bien sûr, ça fera l'affaire…*

*Et voici l'invité d'honneur. Voici Preston Applewhite, la vedette de cette petite représentation, qui fait une entrée tardive dans la salle. Il a des chaînes aux pieds et les poignets attachés sur les côtés, de sorte que son entrée revêt moins d'élégance qu'elle ne le pourrait, mais bon, il est là, et le spectacle peut continuer.*

*Son visage ne trahit aucune émotion, impossible de savoir dans quel état d'esprit il se trouve. Qu'est-ce qui lui occupe l'esprit, en ce moment? La peur de l'inconnu? La fureur contre le système qui s'est montré incapable de disculper un innocent? L'espoir, si déplacé soit-il, qu'un miracle va se produire et qu'il aura la vie sauve?*

*Il y a huit jours il aurait pu, lui, Arne Bodinson, provoquer un tel miracle. Il aurait pu avouer, en se démasquant ou bien en restant anonyme, et prouver ses dires en expliquant où se trouve la tombe du petit Willis. Mais maintenant qu'il a passé de longues heures avec Applewhite, on n'accorderait aucune valeur à tout ce* qu'il pourrait raconter. « Vous prétendez savoir où se trouve le corps, professeur Bodinson ? Si c'est le cas, c'est parce qu'Applewhite vous l'a dit. Vous ne faites que confirmer sa culpabilité. »

Le directeur de la prison, le visage ridé par les exigences de sa charge, récite quelques formules rituelles et demande ensuite au condamné s'il a quelque chose à dire. Long silence. Applewhite (on ne l'a pas encore attaché sur le lit chirurgical, on lui permet à l'évidence de rester debout pendant qu'il prononce ses derniers mots) est perdu dans ses pensées, les yeux baissés. Il les lève, c'est la première fois, pour regarder les têtes derrière la baie vitrée. Il voit Arne, son nouvel ami, le reconnaît et son regard s'éclaire, mais juste un instant.

Quand il parle, c'est d'une voix douce, comme s'il n'avait pas envie qu'on l'entende. Mais il y a un micro et il est audible par les témoins.

– Vous êtes tous persuadés que j'ai commis ces crimes, dit-il. Moi, je sais que ce n'est pas vrai, mais il n'y a aucune raison pour que l'on me croie. Je regrette presque de ne pas être coupable. Alors, je pourrais avouer et demander pardon.

Il s'interrompt, les infirmiers s'avancent en croyant qu'il a fini, mais il les arrête d'un signe de tête.

– Je vous pardonne, conclut-il. À vous tous.

À la fin, il fixe du regard le seul homme qui affirme croire en son innocence. A-t-il compris ? Serait-ce la signification de ses derniers mots ? Mais non, il veut seulement que l'on approuve son petit discours, ce qui se produit : derrière la vitre, on lui adresse un petit salut. Il le remarque, et il en a l'air reconnaissant.

Il s'allonge sur le lit chirurgical, on l'attache avec des sangles. Le médecin trouve une bonne veine dans son bras, lui passe sur la peau un coton imprégné d'alcool, et branche la perfusion à la seconde tentative.

Il n'y a pas grand-chose à voir. Le premier produit, le

Penthotal, ne semble avoir aucun effet. Le deuxième, le Pavulon, est un paralysant qui empêche Applewhite de respirer, ou bien de changer d'expression. Et le dernier ingrédient, le chlorure de potassium, le brûle ou ne le brûle pas, impossible à dire, mais ce qui est évident – au moins pour ceux qui sont assez près pour voir le moniteur cardiaque, ou bien pour le médecin qui lui prend le pouls –, c'est qu'il accomplit l'œuvre qu'il est censé accomplir.

Preston Applewhite est mort.

Alors, derrière la vitre, l'homme qui va bientôt renoncer au nom d'Arne Bodinson, veille bien à garder le même air que depuis le début, sombre et détaché. Il a une érection, mais il est pratiquement certain que personne ne l'a remarqué.


Sur la 95, un vendredi, ce sera l'horreur. Donc il emprunte la 64 puis la 81, finit la nuit dans un motel de Pennsylvanie, puis repart vers l'est sur la 80 le samedi matin, désireux d'atteindre le pont George-Washington quand il n'y aura sans doute pas beaucoup de circulation. Et ça se passe comme prévu.

Ces derniers temps, tout se passe comme prévu.

C'était ce qu'il s'était dit. Le sale boulot, c'était des années plus tôt à Richmond, quand il avait commis ses crimes, caché sur place des preuves accablantes, resserré le nœud coulant autour d'un homme dont la seule erreur avait été de saigner du nez au plus mauvais moment. La semaine qui vient de s'écouler ? Uniquement consacrée à la conclusion d'affaires non réglées.

Il a une affaire d'un autre genre à régler à New York.

# 10

Lundi soir, j'étais en train de boire un café devant la télé quand mon portable sonna.

– Putain, j'ai l'impression d'être une espionne, dit Louise. Je suis actuellement dans les toilettes du restaurant. On va bientôt retourner chez moi. Vous avez l'adresse ?

Je lui répondis par l'affirmative.

– C'est complètement dingue. Je vais le ramener chez moi, baiser avec lui et pendant ce temps-là vous serez planqué dehors, en attendant de le suivre jusque chez lui. Dites-moi que ce n'est pas givré.

– Si vous préférez…

– Non, ce n'est pas givré, seulement rocambolesque. S'il est celui qu'il prétend être, il ne faudra jamais qu'il l'apprenne. Sinon, alors là c'est moi qui dois savoir ce qu'il en est.

Je lui demandai s'il y avait des chances pour qu'il passe la nuit chez elle.

– Dans ce cas, ce sera à marquer d'une pierre blanche. D'habitude, quand il vient, il repart au bout de deux ou trois heures, mais ce coup-ci on est allés manger, ce qu'on ne fait pas en général, de sorte qu'on va démarrer tard. Il est quelle heure ? Huit heures et demie ? Non, pas loin de neuf heures. À mon avis, il ne va pas rester plus tard que onze heures et demie.

Je lui demandai comment il était habillé, de manière à

ne pas me tromper et suivre quelqu'un d'autre. Jean de couturier et polo bleu marine, me répondit-elle. Je lui suggérai d'éteindre et de rallumer les lumières une dizaine de fois dès qu'il serait sorti de chez elle. Idée géniale, me dit-elle, sauf que son appartement donnait sur l'arrière de l'immeuble. De là où je me trouverais, je ne verrais rien.

– Je vais peut-être quand même le faire, reprit-elle. Ça a un côté Mata Hari que je trouve super. Au fait ? Vous aurez votre portable sur vous, non ? Je n'aurai qu'à vous appeler une fois qu'il sera parti. Et ensuite je ferai clignoter les lumières, juste pour rigoler.

Elle ne s'était pas beaucoup trompée dans ses prévisions. Il était minuit moins vingt quand mon portable sonna.

– Mata Hari ! claironna-t-elle. Il est à vous. Faut dire qu'on a bien mangé, mais que le meilleur, c'était le dessert ! Vous voulez bien me rendre un service ? Appelez-moi demain pour me dire qu'il s'appelle bien David Thompson, qu'il est célibataire et que la seule chose qu'il me cache, c'est qu'il est immensément riche.

Je verrai ce que je pourrai faire, lui répondis-je, avant de mettre fin à la communication. La porte s'ouvrit, il sortit. Je l'aurais sans doute repéré sans qu'elle m'appelle. Il portait un jean et un polo sombre, et j'avais de lui une photo très ressemblante.

Il n'est déjà pas évident de filer quelqu'un quand on est assisté d'une équipe, de cinq ou six voitures et d'autant de collègues à pied. Moi, je débarquais avec T.J. et un chauffeur de taxi prénommé Leo qui n'était pas en service et à qui j'avais promis cinquante dollars pour me véhiculer deux heures durant.

Louise habitait au second étage d'un immeuble de grès brun de la 87e rue Ouest, côté nord, entre Broadway et West End. Comme la plupart des rues désignées par un nombre impair, la 87e est à sens unique en allant vers l'ouest. Si David Thompson habitait Kips Bay ou dans les parages, il rentrerait chez lui en taxi et marcherait sans doute jusqu'à Broadway pour en trouver un. Idem s'il voulait se rendre ailleurs en taxi. S'il préférait le métro, il le prendrait à la station située au carrefour de la 86e et de Broadway, si bien que là aussi il irait à pied vers Broadway, et à contresens de la circulation.

Nous avions pris nos dispositions en conséquence. T.J. et moi faisions le pied de grue dans l'entrée d'un immeuble se trouvant juste en face de celui de Louise, tandis que Leo s'était garé dans Broadway, devant une bouche d'incendie. Si un flic le faisait dégager il ferait le tour du pâté d'immeubles, mais ça ne risquait pas vraiment d'arriver, pas à cette heure. Il n'aurait qu'à raconter qu'il attendait un client.

Dès que Thompson sortirait de l'immeuble, on le filerait jusqu'à Broadway, puis on monterait dans la voiture de Leo pour suivre le taxi qu'il allait prendre. S'il redescendait jusqu'à la 86e pour emprunter le métro, T.J. le suivrait sous terre. Il s'efforcerait de rester en contact avec son portable, et de notre côté on essaierait d'être là quand Thompson et lui quitteraient la rame.

Thompson poussa donc la porte, descendit les marches du petit perron, regarda sa montre et sortit son portable pour appeler quelqu'un. Au début, personne ne répondit, puis si – à moins qu'il ne soit tombé sur une messagerie vocale, car il parla avec animation pendant quelques instants, avant de refermer l'appareil. Il le leva, le regarda, puis il le rangea, sortit une cigarette, l'alluma, laissa échapper un nuage de fumée et se mit en marche, mais pas vers Broadway. Il avait pris dans l'autre sens, vers West End Avenue.

Merde.

– Plan B ! lançai-je, puis j'emboîtai le pas à Thompson tandis que T.J. fonçait jusqu'au carrefour pour rejoindre Leo qui attendait de l'autre côté, avec la première édition du *Daily News* dépliée sur son volant.

Leo mit le moteur en marche avant que T.J. s'installe sur son siège. Aux États-Unis, New York est le seul endroit où il est impossible de tourner à droite à un feu rouge, la circulation étant trop chaotique pour que ça marche, mais David Letterman a remarqué un jour que pour les New-Yorkais le code de la route n'est qu'un ensemble de conseils, et Leo estime, lui, qu'un adulte doit pouvoir se fier à son bon sens. Il contourna le carrefour et me récupéra alors que j'avais fait la moitié de la rue.

Je montai à l'arrière, Leo roula doucement vers le carrefour, où le feu était passé au rouge. Une fois arrivé à cet endroit, Thompson pouvait se planter au bord du trottoir pour faire signe à un taxi, ou bien traverser lui-même la 87ᵉ rue, ou encore attendre que le feu passe au rouge pour traverser West End et prendre la direction de Riverside Drive.

S'il avait opté pour l'une quelconque de ces possibilités, on aurait pu le suivre sans problème, mais non : il tourna à droite dans West End et remonta vers le nord. Leo n'aurait peut-être pas hésité à tenter le coup et à griller un autre feu rouge, mais il aurait alors roulé à contresens dans une rue à sens unique, ce qui n'est pas conseillé.

– L'enfoiré ! éructa-t-il.

– Dépêche-toi de traverser pour rejoindre Riverside, et reviens sur la 88ᵉ, lui lançai-je en ouvrant la portière pour redescendre. Je vais essayer de ne pas le paumer.

Lorsque je me mis en route, il avait presque la moitié d'une rue d'avance sur moi, ce qui n'aurait pas dû être grave, sauf que je le perdis de vue quand il tourna à droite dans la 88ᵉ rue. Je pressai l'allure, arrivai au croisement où il avait tourné, et là, plus trace de lui.

Leo, qui nous avait ramenés en vitesse à l'angle de la Neuvième Avenue et de la 57e rue, ne voulut pas accepter d'argent.

– Je croyais que ç'allait être une aventure, déclarat-il. Suivez-moi ce taxi ! Je pensais que j'allais pouvoir faire étalage de mes talents de conducteur et filer l'autre abruti dans des coins de Brooklyn où Pete Hamill luimême se paumerait. Je n'ai fait que tourner autour de ce pâté d'immeubles à la con.

– Ce n'est pas de ta faute si je l'ai perdu.

– Non, c'est la sienne, parce qu'il nous a filé entre les doigts comme une anguille, le salopard. Garde ton argent, Matt. Appelle-moi un autre jour, on va se marrer et alors tu pourras me payer double tarif. Mais ce coup-ci, c'est moi qui régale.

Il nous laissa devant le Morning Star, mais aucun de nous n'avait envie d'y entrer. Nous traversâmes la rue pour regagner le Parc Vendôme et aller voir en haut. Elaine s'était installée sur le canapé pour lire un roman qui, *dixit* Monica, devait lui procurer un authentique plaisir coupable.

– Pour elle, c'est l'équivalent en prose d'un mélo au cinéma, et il faut reconnaître qu'elle a raison. Qu'est-ce qu'il y a ?

– Le type a tourné à un carrefour et nous a semés.

– Quel culot, quand même ! Tu veux quelque chose ?

– Je recommencerais bien la soirée depuis le début, mais ce ne serait pas évident. Je n'ai plus envie de café. Je crois que je n'ai envie de rien. Et toi, T.J. ?

– Un Coca, peut-être, répondit-il, moyennant quoi il partit s'en chercher un.

Je le retrouvai dans la cuisine, et nous essayâmes tous les deux de comprendre ce qui nous était arrivé dans l'Upper West Side, entre la 80e et la 90e rue.

– On dirait qu'il nous a repérés, dit-il, mais il ne s'est pas vraiment comporté comme si c'était le cas.

– Ce que je ne saisis pas, c'est comment il a pu s'évanouir comme ça dans la nature.

– Le magicien descend la rue et rentre dans une pharmacie…

– Il devait y avoir un truc dans le genre. Il n'était pas tellement loin devant nous quand il a tourné au carrefour. Une trentaine de mètres, peut-être ? Pas beaucoup plus, et j'aurais dû regagner du terrain, car j'ai accéléré dès que je l'ai perdu de vue. Sauf que quand je suis arrivé au carrefour, il avait disparu.

– Même s'il avait piqué un cent mètres après avoir tourné, tu l'aurais aperçu dès que tu aurais tourné le coin à ton tour.

– Évidemment.

– Sauf s'il s'est engouffré dans cet immeuble.

– L'immeuble résidentiel qui fait l'angle ? J'y ai pensé. La porte d'entrée n'est pas fermée à clé, n'importe qui peut entrer dans le vestibule. Ensuite il faut une clé, ou alors sonner à l'interphone de quelqu'un pour que cette personne vous laisse pénétrer. J'ai regardé à l'intérieur et je ne l'ai pas vu, mais cela pas tout de suite ; j'ai d'abord passé un moment à essayer de le repérer dehors. Tu sais, moi, j'ai trouvé bizarre qu'il se soit dirigé vers le West End plutôt que vers Broadway, mais s'il habite par là …

– Alors, c'était juste un mec qui rentre chez lui.

– Un mec qui habite tout près de chez une nana et qui lui raconte qu'il habite à trois kilomètres de là, dans les 30e-40e rues et à l'est de Manhattan ?

– Il n'a peut-être pas envie qu'elle vienne lui emprunter du sucre tous les deux jours.

– Ce serait plutôt un paquet de cigarettes. Je vois d'ici le tableau. Tu te cherches une copine sur Internet, en espérant qu'elle n'habite pas au fin fond de Brooklyn ou de Queens, dans un coin qui t'obligera à prendre le métro puis le bus pour y arriver, et tu t'aperçois alors qu'elle crèche à deux pas de chez toi et que parfois, c'est vraiment trop près…

— Je ne sais pas. Tu ne crois pas qu'elle le reconnaîtrait ? Pour l'avoir vu dans le quartier ?

— Il me semble, oui. Le New-Yorkais ne connaît peut-être pas son voisin de palier, mais en général il sait à quoi il ressemble. Il a appelé quelqu'un, ça, il ne faut pas l'oublier.

— Juste avant de s'allumer une clope.

Elaine était venue se faire un café.

— Il téléphonait à sa femme, dit-elle, pour savoir s'il devait acheter un litre de lait avant de rentrer, dit-elle.

— Ou alors du sucre. Ou une cartouche de Marlboro. S'il était marié, est-ce qu'il irait se trouver une copine dans les parages ?

— Non, sauf s'il est du genre suicidaire, répondit-elle. À qui parlait-il au téléphone ? A un homme ou à une femme ?

— On n'entendait même pas ce qu'il racontait.

— Tu ne pouvais pas le deviner à ses gestes ? S'il s'agissait d'un homme ou d'une femme ?

— Non.

— T.J. ?

— S'il me fallait donner une réponse, je dirais une femme.

— Ah oui ? Et pourquoi ça ? lui demandai-je.

— Je n'en sais rien.

— Il venait d'en quitter une, de nana, repris-je, et d'après ce que Louise m'a raconté il s'est débrouillé comme un chef. S'il n'appelait pas sa femme pour lui dire qu'il avait été retenu au bureau…

— Et il ne le ferait pas, dit T.J. Pas s'il habite à cinq minutes de là. Il se contenterait de rentrer.

— Tu as raison. Donc, ce n'est pas sa femme qu'il a appelée.

— À moins que ce soit celle d'un autre ?

– Nom d'un chien !

– Il aurait pu téléphoner à sa femme, reprit Elaine. À Scarsdale, pour lui expliquer qu'il rentrerait en retard, ou bien qu'il n'allait pas pouvoir rentrer du tout. Après, il est entré dans l'immeuble qui fait l'angle.

– Qui est-ce qui y habite ?

– Je n'en sais rien, répondit-elle. C'est toi, le détective.

– Merci.

– Et si c'était une autre femme ? demanda T.J.

– Dans l'immeuble qui fait l'angle ?

– Il faut bien habiter quelque part.

– Et donc il trompe Louise avec une autre qui habite dans le secteur ?

– Ainsi que sa femme, s'il en a une à Scarsdale.

– C'est peut-être une pute ? suggéra Elaine.

– Louise ? Franchement, je ne crois pas…

– Pas Louise. La dernière qu'il est allé voir, celle qui habite au carrefour. Rien ne dit qu'elle ne fait pas le tapin.

– Mais il venait de quitter Louise.

– Et alors ?

– D'après ce qu'elle m'a raconté…

– Il l'a fait grimper aux rideaux ?

– Ce n'est pas le vocabulaire qu'elle a utilisé, mais c'est l'impression que j'en ai retirée, oui.

– Peut-être qu'elle s'est éclatée, mais que lui, il est resté sur sa faim. Ou alors il s'est dit : jamais deux sans trois…

– Bon, bref… N'importe comment, s'il connaît une pute qui habite tout près de chez Louise, pourquoi ne pas aller lui rendre visite ?

Je le revis, devant l'immeuble en grès brun de Louise, son portable à la main.

– Il n'a pas eu besoin de rechercher son numéro, fis-je remarquer. Il devait l'avoir archivé dans son répertoire, non ?

– Sans doute. C'est ce qu'on fait, aujourd'hui, au lieu de marquer tout ça dans un petit carnet noir.

– S'il avait encore envie, pourquoi n'est-il pas resté un peu plus longtemps là-haut ?

– Ça alors, je n'en sais rien, répondit Elaine. Tu crois que ça pourrait venir de ce chromosome Y avec lequel il se trimballe depuis le début ?

– Autrement dit, c'est un mec…

– Quand je faisais le boulot, reprit-elle, j'avais des clients qui se paluchaient comme il faut avant de monter me voir, afin de pouvoir tenir plus longtemps. J'en avais un autre qui, lui, faisait le contraire : il voulait que je le chauffe à bloc pendant une heure environ et sans jamais le laisser gicler. Comme ça, il pouvait rentrer chez lui mettre à sa femme un grand coup de queue qu'elle n'était pas prête d'oublier. Celui-là, il me laissait sur le flanc, je dois le reconnaître. J'avais l'impression d'être un picador dans une corrida.

Je regardai T.J. pour voir ce qu'il pensait de cette évocation du passé d'Elaine. Si ça le touchait, il n'en montrait rien. Il connaissait ses antécédents professionnels – parmi les gens que l'on voyait régulièrement, Monica et lui étaient à peu près les seuls à être au courant –, mais il était rare qu'elle en parle, comme maintenant, devant lui.

T.J. n'avait jamais connu sa mère. Elle était morte avant qu'il ait un an, et c'était sa grand-mère qui l'avait élevé, jusqu'à ce qu'elle disparaisse. Elle lui avait raconté certaines choses qui l'avaient amené à se demander si sa mère n'avait pas été une pute, et si lui-même n'était pas l'enfant naturel d'un micheton, le cadeau surprise d'un client qui ne l'avait pas fait exprès. Impossible de le savoir, m'avait-il dit un jour, et ça n'avait pas l'air de le déranger vraiment qu'il en soit ainsi…

Mais la discussion avait dévié ; on avait beaucoup

oublié David Thompson pour disserter sur le fait que les hommes sont quand même bizarres.

– Je ne suis pas persuadé qu'il soit entré dans cet immeuble, enchaînai-je.

– Dans un autre, alors ?

– Ou bien dans aucun. Il savait peut-être qu'il était suivi.

– Non, dit T.J. A moins qu'il se soit méfié depuis le début. Tu crois qu'il a flairé quelque chose chez Louise, et qu'elle lui aurait, sans le vouloir, transmis…

– Pas s'il a mis une capote, le coupa Elaine, pince-sans-rire.

– S'il est marié, repris-je, il pourrait suspecter sa femme de le faire suivre. Ç'aurait pu le rendre assez méfiant pour qu'il nous détecte.

– Vu comme il est resté à allumer sa clope… renchérit T.J. Comme s'il avait besoin d'un moment pour décider d'une ligne de conduite… en plus d'apprécier l'effet de la nicotine.

– Et donc, embrayai-je, il a tourné à droite, et non à gauche, et encore une fois à droite dans West End, dans le sens contraire à la circulation. Après, il s'est engouffré dans un immeuble, ou alors il a trouvé une entrée ou une ruelle dans laquelle se planquer.

– Pour quoi faire ? Pour vous semer tous les deux, à l'évidence, mais cela pour quelle raison ? Ce ne serait pas un peu louche d'agir ainsi, et vous ne croyez pas que s'il pensait que sa femme le faisait suivre il ne voudrait surtout pas éveiller les soupçons ?

– À moins que le plus important ce soit qu'elle ignore où il allait.

– Peut-être qu'il y avait là-bas un taxi. Au détour du carrefour, dans la 88e.

– Un taxi qui l'attendait ?

– Non, mais il aurait pu y en avoir un qui s'était arrêté pour déposer un client. Et lui, il aurait pu le prendre et avoir disparu lorsque j'ai moi-même tourné le coin de la rue.

– Tu ne l'aurais pas vu partir, le taxi qui s'en allait ?

– À condition que ce soit lui que j'aie cherché. Mais s'il avait déjà parcouru la moitié de la rue, j'ai très bien pu ne pas le remarquer si j'étais à la recherche d'un piéton. Ou alors il aurait pu garer sa voiture dans le coin.

– Et il aurait démarré et serait parti sans que tu la voies ? Pour ça, il aurait fallu que tu te traînes jusqu'au carrefour en clopinant.

– Il aurait pu se garer là, rétorquai-je, entrer dans la voiture et refermer la portière, mais sans démarrer. Parce qu'il ne voulait pas se faire repérer.

– Ou bien parce qu'il avait auparavant quelque chose à faire, suggéra Elaine. Comme téléphoner à quelqu'un ou chercher une adresse.

– Ou fumer une autre cigarette, dis-je, ou bien rien du tout. Il nous manque trop d'éléments et on se paume en conjectures.

– Une par carrefour… philosopha T.J.

Nous discutâmes encore un peu, puis Elaine déclara que pour elle, c'était un mec qui avait quelque chose à cacher, en plus d'être un accro du sexe. Il s'agissait là, nous précisa-t-elle, d'une nouvelle expression désignant ce que l'on appelait jadis un « fêtard » ou un « bambocheur », ou encore un « homme à femmes ».

Ce qui nous amena à constater que l'on avait cessé de nous foutre la paix, et que les distractions d'hier étaient devenues aujourd'hui des maladies. T.J. finit son Coca et rentra chez lui.

– Leo n'a pas voulu que je le paie, expliquai-je à Elaine, et moi non plus je ne veux pas l'être. Je ne déduirai pas les frais de ce soir de l'avance que Louise m'a versée.

– Les 500 dollars ? Tu ne les as pas déjà dépensés ?

– J'y ai à peine touché.

– Dis donc, toi, tu ne plaisantes pas en affaires !

– Ce n'est pas vraiment une question d'argent.

– Je le sais, mon chéri.

– Je voudrais seulement voir si je peux comprendre ce qui se passe. Ce ne devrait pas être si difficile.

# 11

*Il tient le coupe-papier dans sa main, le retourne, glisse un doigt sur le motif en bas-relief gravé sur le manche : une meute de lévriers en train d'acculer un cerf. Du joli travail, constate-t-il.*

*La femme, tout aussi joliment modelée que le coupe-papier, attend patiemment de l'autre côté du comptoir. Il lui demande ce qu'elle peut lui apprendre sur cet article.*

*– Eh bien, c'est un coupe-papier, à l'évidence. Art nouveau, sans doute français, mais peut-être belge.*

*– Belge ?*

*– Il est signé. À l'arrière.*

*Il le retourne, elle lui tend une loupe équipée d'un andouiller en guise de manche.*

*– Ce n'est pas facile de le distinguer à l'œil nu, du moins pour moi. Vous le voyez ?*

*– DeVreese.*

*– Godfrey DeVreese, ou Godefroid, si vous préférez. Je ne sais pas trop quel nom il aurait préféré. Il était belge. J'ai eu pendant des années une médaille en bronze de lui, un article superbe qui mesurait bien huit centimètres de diamètre. D'un côté, Léopold II, avec une barbe qui faisait vachement plus noble que l'originale. Léopold II, vous connaissez ?*

*Il sourit aimablement.*

*– J'imagine qu'il a régné entre Léopold I*er* et Léopold III.*

– En réalité, c'est son fils Albert qui lui a succédé. Léopold III est monté un peu plus tard sur le trône. Le numéro deux était le brave type qui administrait le Congo comme s'il s'agissait de son fief. Il traitait les autochtones comme des esclaves, et il aurait eu plus d'égards pour du bétail. Vous vous rappelez les photos des indigènes à qui on avait coupé les mains ?

Qu'est-ce qu'elle est en train de lui raconter, là ?

– Ça me dit quelque chose, oui, répond-il.

– Mais il avait belle allure, surtout en bronze. Sur l'autre face, il y avait un cheval, qui avait l'air encore plus beau que Léo. C'était un cheval de trait, une de ces grosses bêtes que l'on ne voit plus que dans les pubs pour la Budweiser. Sauf que celui-ci était un percheron, alors que la Budweiser met en scène des clydesdales. Cette médaille a été décernée dans une espèce de foire agricole. Ce qui, au début du siècle, correspondait sans doute aux concours de tracteurs d'aujourd'hui.

– Vous l'avez toujours, cette médaille ?

– Je me disais que personne n'allait me l'acheter, mais un collectionneur qui s'intéresse aux chevaux l'a remarquée il y a deux ou trois mois, et du coup il l'a embarquée. Je n'en reverrai probablement jamais d'autre du même genre.

Il retourne le coupe-papier dans ses mains. Il est vraiment superbe, et il aime bien le soupeser.

– Vous avez dit qu'il date du début du siècle ?

– DeVreese, lui, aurait probablement dit qu'il était «fin de siècle». Ou l'équivalent en flamand, comme on voudra. Je suis désolée, je ne peux pas vous le dater avec précision, mais il doit être de la fin du XIXᵉ siècle ou du début du XXᵉ.

– Il a donc une centaine d'années…

– Dans ces eaux-là.

Il en teste le bout avec le pouce. Très pointu. La lame,

*elle, n'est pas aiguisée. Bon pour ouvrir les lettres, mais on n'arriverait pas à couper quelque chose avec.*

*Il pourrait cependant faire office de poignard.*

*– Je peux vous en demander le prix ?*

*– Deux cents dollars.*

*– Ça me paraît bien cher.*

*– Je sais, dit-elle.*

*– Pensez-vous que je puisse obtenir une ristourne ? Elle réfléchit.*

*– Si vous me réglez en liquide, je pourrais vous faire cadeau de la taxe d'État.*

*– Ce qui me reviendrait à deux cents dollars tout rond, au lieu de quoi ? Deux cent seize ?*

*– Un peu plus, en fait. Si vous voulez, je peux le calculer, comme ça vous verrez au cent près combien vous économisez.*

*– Mais ce que je paierais, c'est deux cents dollars.*

*– En échange de quoi vous vous offrez un beau coupe-papier.*

*– C'est toujours sympa de se payer un beau cou... pe-papier.*

*A-t-elle relevé l'allusion ? Elle a l'air plutôt futée, la dame, et il pense qu'elle a compris et décidé de passer outre, tout cela sans rien en montrer.*

*Il fait la grimace, examine une fois de plus le bas-relief, note la détermination farouche des lévriers et de leur proie. Il ne lui faudrait qu'un instant, songe-t-il, pour empoigner le manche et frapper sans prévenir. Il se représente la scène, le coup en traître, l'embout effilé en bronze pénétrant juste sous la dernière côte flottante et remontant vers le cœur. Il se voit faire demi-tour et se diriger vers la porte avant qu'elle s'effondre derrière le comptoir, avant même que la vie s'éteigne dans ses yeux.*

*Seulement voilà : il a touché à des trucs. Il a laissé des empreintes digitales partout sur la vitrine, et il n'y* a rien qui conserve mieux une empreinte digitale que le verre.

– Je crois qu'il me tente, oui, dit-il.

– Je vous comprends.

En outre, ça irait trop vite. Tout serait terminé avant qu'elle s'en rende compte, et s'il est parfois très gratifiant de tuer en vitesse, dans le cas présent il aimerait qu'elle le sente venir, qu'elle perde de sa belle assurance, qu'elle en rabatte de ce sang-froid exaspérant.

Rien qu'à penser à ce qu'il lui fera le moment venu, des frissons lui parcourent l'échine.

Mais il n'en montre rien lorsqu'il pousse un soupir résigné et compte les billets qu'il a sortis de son portefeuille. Elle lui prend l'argent, enveloppe le coupe-papier dans du papier de soie et le met dans un sac en papier. Il n'a pas besoin de reçu, lui explique-t-il avant de glisser ce qu'il vient d'acheter dans la poche intérieure de sa veste.

– Merci, dit-elle. En tout cas, je ne crois pas que vous l'ayez payé trop cher. Dans une boutique de Madison Avenue, on vous en demanderait autour de cinq cents dollars.

Il sourit, marmonne quelque chose, se dirige vers la porte. Mais, bon sang, qu'est-ce qu'il a envie de la tuer ! Il n'a pas envie d'attendre. C'est tout de suite qu'il veut la zigouiller.

# 12

Je n'avais pas très envie de faire à ma cliente un compte rendu de ce qui s'était passé pendant la nuit, et cela pas seulement parce qu'elle risquerait alors de se demander si elle n'avait pas engagé un incapable. Plus précisément, si je lui révélais que son M. Thompson m'avait faussé compagnie, cela laisserait entendre qu'il n'était pas celui que l'on croyait et qu'il avait quelque chose à cacher. Personnellement, c'était ce que je pensais, mais il était trop tôt pour en faire part à Louise.

– Rien de probant, lui annonçai-je. Je devrais pouvoir vous en dire davantage d'ici vingt-quatre heures environ.

Je retrouvai le numéro de Thompson dans mon calepin et l'appelai avec mon portable. J'espérais qu'il ne répondrait pas et fus soulagé de tomber sur une messagerie vocale.

– Dites donc, fis-je, on vous a envoyé un chèque pour vous régler l'intégralité, et je l'ai maintenant sous les yeux. Il nous est revenu, on n'a pas bien noté votre adresse. Eh, merde, il faut que je prenne un autre appel… Écoutez, recontactez-moi, et si je ne réponds pas laissez-moi votre adresse sur ma messagerie vocale. Et pendant que vous y êtes… Oh, et puis non, tiens. À plus tard.

J'avais essayé d'avoir l'air débordé, comme un cadre moyen qui ne sait plus où donner de la tête, et je ne savais pas du tout si j'y étais arrivé. Je le verrais bien selon qu'il me rappellerait ou pas.

J'avais glissé mon portable dans ma poche quand je sortis de chez moi, mais je m'arrêtai sur le trottoir pour l'éteindre. Je m'en allais à une réunion, et là-bas il faut éteindre portables et bipers. Dans la plupart des groupes, c'est expressément stipulé. Mais je voulais que le mien soit éteint, réunion ou pas : car il n'était pas question que je réponde à un appel et que je me retrouve en communication avec ce David Thompson. Il commencerait par me demander qui je suis et le nom de la société qui lui a envoyé ce chèque, et je serais bien en peine de lui répondre. S'il tombait sur ma boîte vocale, il n'y aurait personne pour le renseigner ; et il en conclurait que quelqu'un lui devait de l'argent et qu'il aurait tout intérêt à le récupérer ; aussi me laisserait-il son adresse.

Ce qui partait du principe que son histoire était au moins en partie vraie, qu'il travaillait dans une branche où on le réglait par chèques. Il pouvait s'agir ou non de marketing direct, tout comme il pouvait s'appeler ou non David Thompson, raison pour laquelle j'étais resté très vague dans le message que je lui avais laissé.

Ça devrait marcher. Et dans le cas contraire, ça n'en serait pas moins instructif à sa façon. S'il se montrait méfiant à ce point, ce serait alors qu'il avait bel et bien quelque chose à cacher.

Je remontai jusqu'au YMCA de la 63e rue Ouest pour assister à la réunion de midi du groupe du Fireside. L'intervenante nous raconta une brève histoire tournant autour de l'alcool, passant le plus clair de son temps à évoquer le dilemme auquel elle se trouvait confrontée, à savoir si elle devait se rendre ou non à l'évidence et admettre qu'elle ne s'en sortait pas très bien comme actrice, que deux répliques dans une pub pour Rolaids et une série de petits rôles de figurante, ainsi que des apparitions non rémunérées dans des productions de prestige que personne ne venait voir, tout ça ne faisait pas un palmarès très édifiant au bout de cinq ans dans cette profession.

– Je ne suis pas actrice, je suis serveuse, déclara-t-elle, et ça ne me dérange pas, il n'y a pas de mal à ça, c'est une façon honorable de gagner sa vie, mais je ne suis pas sûre que ce soit ce que je veux faire. Je ne suis même plus certaine d'avoir envie d'être actrice. Comme si on allait me donner une chance d'y arriver...

Abie était là. Je ne l'avais pas vu depuis l'intervention de Ray Gruliow à Saint-Paul, et il m'expliqua que ces derniers temps il avait surtout assisté aux réunions de midi, sauf le soir où on lui avait demandé de prendre la parole à Middle Village, dans le Queens. Je déjeunai dans le coin avec lui et deux femmes : Rachel, une employée de bureau qui faisait de l'intérim, et une jeune personne aux traits anguleux qui effectuait des remplacements dans l'enseignement quand on lui en donnait, ce qui, j'en conclus, n'arrivait pas souvent. Je n'ai jamais réussi à savoir comment elle s'appelait.

Toujours est-il qu'elle s'empressa de nous énumérer les qualités et les défauts de l'intervenante du matin.

– Ce qu'il y a de bien, indiqua-t-elle, avec cette formation de comédienne, c'est qu'elle s'exprime clairement et en y mettant le ton, et qu'on peut être assis à la dernière rangée et saisir chaque mot. Malheureusement, elle ramène toujours tout à elle.

Rachel fit remarquer que sa tête lui disait quelque chose, et qu'elle l'avait peut-être vue dans un machin quelconque. Abie, lui, ne l'avait encore jamais vue, ce qui était bizarre car il ne ratait jamais une pub pour Rolaids.

– Elle nous a expliqué qu'elle avait deux répliques, reprit Rachel, mais peut-être qu'il s'agissait d'une voix off et qu'elle n'apparaissait pas à l'écran.

Allez savoir si elle le prenait au pied de la lettre ou si elle faisait assaut d'ironie avec lui…

Je ne rallumai mon portable qu'une fois rentré chez moi. Un message m'attendait sur la boîte vocale. Une voix que je ne connaissais pas et qui me disait : «Eh, merci, mon vieux. Voici l'adresse.» Je la notai : 755 Amsterdam Avenue, appartement 1217, New York City, État de New York, 10025. «N'oubliez pas le numéro de l'appartement, ajoutait-il, sinon elle ne me parviendra pas. C'est sans doute ce qui s'est passé la dernière fois.»

À Manhattan, les rues à numéros sont orientées est-ouest, et les numéros commencent à la Cinquième Avenue. Quand on connaît le numéro d'un immeuble, il est facile de déterminer entre quelles avenues il se trouve.

Les avenues, quant à elles, sont orientées nord-sud, et chacune possède un système de numérotation qui lui est propre, suivant l'endroit où elle démarre. Mais il existe toutefois une façon de se repérer : celle qui figure sur les plans de la ville et dans les atlas de poche, et que l'on trouve aussi dans la plupart des éditions des annuaires et des Pages jaunes. Cela diffère légèrement dans le cas de certaines artères, mais en gros il faut prendre l'adresse, en supprimer le dernier chiffre, diviser le résultat par deux et ajouter le numéro de l'avenue en question. On obtient alors le numéro de la rue transversale la plus proche.

Une agence immobilière avait fait imprimer cette table de calcul sur une carte en plastique de la taille d'un portefeuille, ce qui représentait un cadeau plus précieux qu'un calendrier : j'avais la mienne depuis déjà cinq ans et je m'en servais tout le temps. Je n'allais guère faire travailler cette agence, rien ne pourrait nous inciter à quitter le Parc Vendôme, mais je la remerciais, si ça pouvait lui servir à quelque chose.

Et en retour, j'appris que l'adresse qui m'avait été donnée comme celle de David Thompson était située à une rue ou deux au nord de la 96e. Soit à près d'un kilomètre du carrefour de West End et de la 88e, et nettement plus loin encore de Kips Bay.

J'y allai en métro, longeai une rue qui partait de Broadway, pris vers l'est et découvris le numéro 755 d'Amsterdam Avenue à l'endroit où la carte de l'agence immobilière m'expliquait qu'il devait être, soit à mi-chemin exactement entre la 97e et la 98e. Il s'agissait d'un vieil immeuble résidentiel de quatre étages qui ne s'était pas encore trop embourgeoisé, mais il y avait quelque chose qui clochait : car même si au fil des ans on avait découpé les appartements pour les transformer en cages à lapins, il n'était pas possible que s'y trouve un appartement n° 1217.

Peut-être était-ce la conception que Thompson se faisait d'un code : quand arriverait une enveloppe destinée à l'appartement 1217, il saurait qu'elle lui était envoyée par le type qui l'avait appelé. Sauf que, là encore, ça ne tenait pas debout.

J'entrai dans le hall pour jeter un coup d'œil aux sonnettes. Il y en avait seize, soit quatre par étage, le rez-de-chaussée étant occupé par un magasin. Neuf ou dix au total étaient accompagnées d'un nom dans l'emplacement prévu à cet effet, les autres petites cases étant vides. J'examinai les noms, pour la plupart à consonance espagnole. Aucun Thompson dans le lot.

Je ressortis pour regarder le magasin installé au rez-de-chaussée. A voir les articles en rayon dont les couleurs avaient passé avec le temps ou bien que le soleil avait blanchis, on n'avait guère envie d'y entrer, mais il essayait de compenser en proposant tout ce dont on pouvait avoir besoin dans un quartier excentré : encaissement de chèques, photos d'identité, actes notariés, quincaillerie et produits de ménage, parapluies, cirage, couches et amuse-gueule divers... Les enseignes lumineuses des bières, dont celle d'une marque qui n'existait plus depuis dix ans, se partageaient la vitrine avec une affiche publicitaire pour le café Bustelo. Il régnait là un tel fouillis qu'il me fallut un certain temps pour remarquer le seul article intéressant pour moi : une feuille de papier jaunie sur laquelle on avait écrit à la main « boîtes aux lettres privées disponibles ».

L'intérieur du magasin ressemblait à peu près à l'idée qu'on s'en faisait. Je n'aperçus aucune boîte aux lettres et me demandai où elles pouvaient bien se cacher, les mille deux cent dix-sept boîtes aux lettres en question. Derrière le comptoir, une femme trapue aux cheveux visiblement teints en noir me tenait à l'œil. Je ne vois pas du tout ce qu'elle pouvait craindre que je lui pique.

Je lui demandai si elle avait des boîtes aux lettres à louer, elle me fit signe que oui. Je lui dis que je ne les voyais pas et lui demandai si elle pouvait me les montrer.

– Il ne s'agit pas de *boîtes* aux lettres, me répondit-elle en me dessinant une boîte avec ses mains, le haut, le bas et les côtés. Il s'agit d'un service postal.

– Ça marche comment ?

– Vous réglez pour le mois, on vous attribue un numéro. Ensuite vous venez, vous me donnez le numéro et je vous apporte votre courrier.

– Combien cela coûte-t-il ?

– Pas grand-chose. Cinquante dollars. Si vous payez trois mois d'avance, le quatrième est gratuit.

J'ouvris mon portefeuille et lui montrai une carte que m'avait donnée Joe Durkin, une carte privilège de la caisse d'assurance des inspecteurs de police. Elle n'aurait pas empêché une contractuelle de me coller une amende pour stationnement interdit devant une bouche d'incendie, mais de loin elle avait l'air suffisamment officielle.

— Je m'intéresse à l'un de vos clients, déclarai-je. Numéro douze dix-sept. Ou si vous voulez mille deux cent dix-sept.

Elle me regarda.

— Vous savez comment il s'appelle ?

Elle me fit signe que non.

— Vous voulez bien aller voir pour moi ?

Elle réfléchit, haussa les épaules et passa dans la pièce de derrière. À son retour, elle faisait la grimace. Je lui demandai ce qu'il y avait.

— Pas de nom, me répondit-elle.

Je me dis qu'elle n'avait sans doute pas le droit de me le donner, mais ce n'était pas ça. Elle m'expliqua qu'elle ne disposait d'aucun nom correspondant à ce numéro, et je la crus. Tout cela la laissait perplexe, ça sautait aux yeux.

— Si jamais il reçoit du courrier…

— C'est pour ça que ça m'a pris autant de temps. S'il y a du courrier pour lui, alors son nom est indiqué dessus, non ? Il n'y a pas de courrier pour lui. Il passe ici une fois ou deux par semaine. Parfois il a du courrier, parfois il n'en a pas.

— Et quand il arrive, il vous donne son numéro.

— Douze dix-sept. Et moi, je lui remets son courrier.

— Quand il reçoit une lettre, y a-t-il un nom sur l'enveloppe ?

— Je n'y ai pas fait attention.

— Si vous entendiez son nom, le reconnaîtriez-vous ?

— Peut-être. Je n'en sais rien.

— S'agirait-il de David Thompson ?

— Je n'en sais rien. Il ne s'appelle pas José Jiménez. C'est un Blanc, voilà tout ce que je sais.

154

Elle me demanda de l'excuser et partit s'occuper d'un autre client.

– Vous souscrivez à ce service, reprit-elle à son retour, on vous attribue un numéro, et nous on note votre nom sur le registre. À côté du numéro.

– Et là, aucun nom ne figure à côté du 1217.

– Non, aucun nom. Il se peut que la première fois qu'il est venu quelqu'un d'autre ait été de service, quelqu'un qui a oublié de relever son nom. C'est pas normal, mais...

Elle haussa les épaules et hocha la tête. Je pense que ça l'ennuyait davantage que moi.

J'avais apporté la photo que Louise m'avait confiée. Je la sortis pour la lui montrer. Son regard s'éclaira.

– Oui !

– C'est lui ?

– C'est lui. Douze dix-sept.

– Mais vous ne savez pas comment il s'appelle.

– Non.

Je lui remis une carte. La prochaine fois qu'il recevrait une lettre, lui expliquai-je, il faudrait qu'elle me téléphone pour me lire le nom indiqué sur l'enveloppe. Elle me promit de le faire, en tenant ma carte comme s'il s'agissait d'une perle de grand prix. Elle tendit le cou et regarda de nouveau la photo.

– Il a fait quelque chose de mal, ce type ?

– Pas que je sache. J'ai seulement besoin de savoir qui c'est.


Je rentrai à la maison avant Elaine. Elle m'avait appelé plus tôt pour dire qu'elle aurait du retard et me demander de faire chauffer de l'eau. Je posai la casserole sur le gaz, allumai en dessous, et quand elle arriva ça bouillait. Elle prépara une salade, fit des pâtes et nous laissâmes les couverts dans l'évier avant de descendre la

Neuvième Avenue pour rejoindre un petit théâtre expérimental de la 42ᵉ rue, où nous attendaient des billets gratuits pour une lecture publique de *Riga*, une pièce relatant l'extermination des Juifs lettons. Je connaissais l'auteur pour l'avoir rencontré dans des boîtes, raison pour laquelle nous étions venus, et quand le rideau fut retombé nous allâmes le féliciter et lui dire que c'était là une œuvre très forte.

– Trop forte, dit-il à regret. Personne ne veut la monter.

– Ça alors ! s'écria Elaine sur le chemin du retour. Je ne comprends pas pourquoi on n'aurait pas envie de la mettre en scène, cette pièce. Parce qu'enfin quoi ? Elle vous met du baume au cœur !

– Je suis quand même content qu'on l'ait vue.

– Moi, je ne sais pas si je le suis ou pas. J'ai peur que tout ça recommence.

– Tu ne parles pas sérieusement.

– Que si ! Il y a des cahiers entiers du *New York Times* que je n'arrive plus à lire. Tout ce qui a trait aux nouvelles internationales ou intérieures. Je réussis encore à lire les rubriques culturelles, sauf que la moitié du temps la chronique littéraire est aussi nulle que les infos. Les pages scientifiques du mardi, ça va, comme la rubrique gastronomique du mercredi. Je n'ai jamais envie d'aller au restaurant ou d'essayer les recettes proposées, mais ça ne me dérange pas de lire ces machins-là.

– Dommage que tu ne t'intéresses pas au sport.

– Oui, c'est un truc que je devrais suivre, au lieu de penser au Prozac. Est-ce que T.J. lit la rubrique consacrée aux affaires ?

– Je crois.

– Ce sera peut-être lui qui nous fera vivre quand on sera vieux. Si on arrive jusque-là.

Je m'approchai du bord du trottoir et levai la main. Un taxi s'arrêta.

– Je croyais qu'on y allait à pied, s'étonna Elaine. Qu'est-ce qui t'arrive, chéri ? Ça ne va pas ?

– Pas assez pour traverser cinquante rues.

Je demandai au chauffeur de remonter la Dixième Avenue, et de nous déposer à l'angle de la 99e et d'Amsterdam Avenue.

– Au Mother Blue's ? demanda Elaine.

– J'en étais tout près cet après-midi, mais il n'y avait pas de raison d'y aller à ce moment-là. Le soir, par contre, il y a de la musique.

– Et puis Danny Boy.

– Sauf si ce soir il a choisi d'aller au Poogan's. N'importe comment, à mon avis, on devrait aller écouter de la musique.

– Tu dois avoir raison, dit-elle. Ça vaut sans doute mieux que de rentrer à la maison pour nous suicider...

# 13

*En bas, il donne son nom. En sortant de l'ascenseur,
il l'aperçoit dans l'entrée de son appartement, légèrement appuyée contre le chambranle de la porte. Elle
porte un peignoir en soie à ceinture et motifs floraux
de couleurs vives. Elle a des mules découvertes, s'est
teint les ongles des orteils avec un vernis rouge sang
qui se marie bien avec son rouge à lèvres.*

*Il arrive avec un attaché-case. Il a aussi acheté un
bouquet de fleurs chez le marchand de fruits et légumes
coréen et une bouteille chez le marchand de vins et spiritueux.*

*– Elles paraissent ternes à côté de ton peignoir, dit-il
en lui tendant les fleurs.*

*– Il te plaît ? Je ne sais pas du tout si ça fait élégant
ou bien canaille.*

*– Pourquoi pas les deux ?*

*– Il m'arrive parfois de me poser la question. Mais
elles, elles sont jolies, mon chéri. Je vais les mettre
dans l'eau.*

*Elle remplit un vase dans l'évier, y dispose les fleurs,
puis les installe sur la cheminée. Il déballe la bouteille,
la lui montre.*

*– Strega, lit-elle à voix haute. Qu'est-ce que c'est ?
Un cordial ?*

*– Un digestif. Italien, bien sûr. Strega, ça veut dire
« sorcière ».*

– *Tu parles de moi ?*

– *Non, toi, tu es ravissante, et ça m'enchante.*

– *Et toi, tu es adorable.*

*Elle lui tombe dans les bras, ils échangent un baiser. Son corps, appétissant et doté d'une poitrine généreuse, se serre contre le sien. Elle est nue sous son peignoir, il l'attire à lui, et lui passe une main dans le dos, lui caresse les fesses.*

*Il en bande d'avance. Ça a été comme ça toute la journée, par intermittence.*

– *Quelle bonne surprise ! s'exclame-t-elle. Deux soirs d'affilée… Tu me gâtes.*

– *J'ai très peu de temps libre, je te l'ai déjà expliqué.*

– *Oui.*

– *Et je ne peux jamais prévoir. Il m'arrive d'être obligé de m'absenter pendant des mois.*

– *Ça ne doit pas être une vie facile.*

– *Elle me procure aussi des bons moments. Quand j'ai du temps pour moi, j'essaie de le passer de la façon la plus agréable possible. C'est pour ça que je suis revenu ce soir.*

– *Je n'étais pas en train de m'en plaindre, fais-moi confiance. Si on goûtait le Strega ? Je ne crois pas en avoir jamais bu. À moins que tu ne préfères du scotch ?*

*Il va essayer le digestif, répond-il, ça fait des années qu'il n'en a pas bu.*

*Elle trouve deux verres adaptés et leur sert à boire, après quoi ils trinquent et sirotent leur breuvage.*

– *Sympa. Un bouquet très subtil, hein ? À base d'herbes aromatiques, mais je ne vois pas du tout lesquelles. Tu as rudement bien fait d'apporter ça.*

– *On devrait peut-être emporter nos verres dans la chambre.*

– *Ça, c'est pas bête. Dis donc, tu es vraiment génial.*

*Là-bas il la prend dans ses bras et fait glisser son peignoir. Elle a quelques années de plus que lui et le* corps d'une femme mûre, mais comme elle fait attention à ce qu'elle mange et fréquente un club de gym elle est restée en forme, et elle a une belle peau satinée.

Il se déshabille en vitesse et pose ses vêtements sur une chaise.

– Oh là là ! s'exclame-t-elle en feignant d'être horrifiée. Tu ne vas pas me mettre ce truc énorme, dis ?

– Pas tout de suite.

Elle réagit au quart de tour, c'était déjà le cas dès la première fois. Il lui fait atteindre l'orgasme avec les doigts, puis avec la bouche.

– Eh bé… soupire-t-elle, alors qu'elle vient de jouir à deux reprises. Eh… tu vas me tuer…

– Non, pas encore.

Il la prend dans toute une série de positions, passant de l'une à l'autre, ressortant chaque fois qu'il la fait jouir pour la reprendre dans une position différente. Pas besoin d'effort, en ce qui le concerne, pour différer son propre orgasme. Il attendra le moment propice.

Au bout d'un moment elle l'accueille dans sa bouche. Pour ça, elle est bonne, et il la laisse officier tout à loisir, puis il la retourne sur le ventre, l'apprête avec du lubrifiant et l'encule. Ils ont déjà procédé ainsi, la veille au soir en réalité, et il l'a amenée à se caresser et à se faire jouir.

Ce soir, il n'a pas besoin de le lui demander pour qu'elle s'exécute.

Quand même, elle apprend drôlement vite. Il pourrait sans doute l'amener à faire tout ce qu'il veut et ça lui paraît curieux. Devrait-il faire traîner les choses en longueur ? La garder en vie encore quelques jours ou quelques semaines ?

Non, le moment est venu.

160

– *Chéri ? Est-ce que je peux faire quelque chose ?*

– *Tu t'en sors très bien.*

– *Mais je voudrais que tu jouisses.*

– *Tu peux jouir pour nous deux.*

– *Je n'ai jamais autant joui de ma vie, mais ce n'est pas juste. Maintenant, c'est ton tour.*

– *Je ne m'ennuie pas.*

– *Je le sais, mais...*

– *Je n'ai pas besoin d'orgasme pour être comblé.*

– *C'est ce que tu m'as expliqué la nuit dernière.*

– *C'était vrai, et ça l'est toujours.*

– *Mais ça me fait vibrer quand tu jouis,* déclare-t-elle en gardant la main sur lui. *Moi, j'adore ça, et de ton côté tu as l'air d'apprécier.*

– *Euh... bien sûr.*

– *Alors, dis-moi s'il y a un truc que je peux faire.*

– *Eh bien...*

– *Ça ne me choquera pas. Je ne suis pas sortie du couvent des oiseaux.*

– *Non, ça m'étonnerait.*

– *Il y a quelque chose, c'est ça ? Écoute, tant qu'il ne s'agit pas de faire couler le sang ou de casser des os, je suis partante.*

Il hésite, en grande part pour savourer ce qu'elle vient de lui dire. Puis il reprend la parole :

– *Bon, et si je t'attachais ?*

– *Ouah !*

– *Évidemment, si ça te perturbe...*

– *Non, c'est le contraire. Rien que d'y penser, ça m'excite. (Elle l'agrippe.) Toi aussi, à ce que je vois. Putain...*

– *Ouais, ça ajoute un petit quelque chose.*

– *Le fameux « je ne sais quoi », comme disent les Français. Je, euh, n'ai pas de matériel adapté...*

– *Moi, si.*

– *Ça alors, quel sale type !*

161

*Il va chercher son attaché-case, l'ouvre. Pour eux, c'est un jeu, lui mettre les bracelets en soie aux poignets et aux chevilles, l'installer sur le lit, un oreiller sous les fesses, attacher les cordelettes, également en soie, qui la relient aux quatre coins du lit. Elle écarquille les yeux quand il lui montre une partie de l'attirail qu'il a apporté. Ça a l'air de l'exciter, il la caresse, et oui, elle mouille, mais bon elle mouille tout le temps, celle-là, elle est toujours prête, disposée et en état.*

*Il lui donne un petit coup de cravache sur l'abdomen. Ça fait légèrement mal, constate-t-il, mais elle aime ça.*

*Pour le moment.*

*– Dis donc, tu as dû te payer tout le catalogue du Pleasure Chest ! Tu es un vrai polisson…*

*Il ouvre une capote, l'enfile.*

*– Tu n'en as pas besoin, chéri. Pourquoi t'en mettrais une maintenant ? Ah, ne me dis pas que c'est pour ça que tu n'as pas voulu éjaculer ! C'est adorable, mais ne t'inquiète pas, tu ne risques pas de me mettre enceinte. Pour moi, c'est fini, je le crains.*

*Il commence à en avoir marre de l'écouter. Dans ce cas, pourquoi ne pas mettre un terme à ses jacasseries ?*

*Il déchire un morceau de ruban adhésif, lui immobilise la tête avec une main et de l'autre la bâillonne avec le ruban adhésif. Elle ne s'y attend pas et n'apprécie pas trop, il observe son regard, alors qu'elle se rend compte qu'elle est désormais entièrement à sa merci.*

*Mais peut-être que ça aussi, ça l'excite. Elle n'en est pas encore sûre.*

*Il lui fait voir le coupe-papier. Elle ouvre des yeux ronds, et elle en resterait bouche bée si elle n'était pas bâillonnée.*

*Il grimpe sur le lit, lui attrape un sein et appuie très fort dessus le coupe-papier, jusqu'à ce que la pointe pénètre la peau juste à la lisière de l'auréole. Il en perle une goutte de sang, il la cueille de l'index et la lui montre.*

*Oh là là, le regard qu'elle lui lance!*

*– Pas d'effusion de sang, que tu as dit, et moi je t'ai fait croire que j'étais de ton avis. Mensonge par omission, je le crains. En de fin de compte, tu vas saigner, ce soir.*

*Il pose le doigt sur sa bouche, goûte son sang, s'en délecte, comme il se délecte de la tête qu'elle fait en le regardant procéder. A-t-elle lu* Dracula *à un âge on est facilement impressionnable? A-t-elle trouvé ça érotique, comme c'est apparemment le cas chez bien de filles?*

*Il utilise le coupe-papier, élargit la plaie. Il y colle la bouche et suce le sang, le laissant lui remplir la bouche, le laissant lui couler dans le gosier. Il adore le goût du sang, il adore se dire qu'il va en boire. Le mythe du vampire possède une grande force, même s'il est pour une bonne part absurde, bien sûr, comme tous les mythes. La vie éternelle, le désir de fuir le jour, de dormir dans un cercueil – tout ça c'est drôle, d'accord, mais grotesque.*

*Il n'empêche que la satisfaction et le bien-être que ça lui procure transcendent le mythe, on le dirait bien. Que peut-il y avoir de plus nourrissant que ce véhicule qui transporte l'énergie vitale elle-même? Cela rajeunit celui qui l'avale. Comment pourrait-il en être autrement?*

*Il le suce goulûment, veillant bien à ne pas céder au désir de mordre dans cette chair tendre. Bundy, lui, il mordait, il imprimait sur ses victimes la marque de ses dents, et il aurait peut-être échappé à la chaise électrique s'il s'en était abstenu. Il n'y aura pas de marque de dents sur ce néné dodu, même s'il est indiscutablement appétissant.*

*Elle se débat pour se libérer, essaie de crier malgré le*

morceau de ruban adhésif. En vain, bien sûr. Elle ne peut absolument rien faire.

Lui, en revanche, est libre d'agir à sa guise.

Il se redresse sur le coude, le visage tout près du sien.

– Tu n'aurais jamais dû me laisser t'attacher, dit-il sur le ton de la conversation, mais ce n'est pas de ta faute. Les dés étaient jetés dès que tu as ouvert la porte. Si tu avais refusé, si tu avais essayé de résister, eh bien, ça ne t'aurait pas avancée à grand-chose. Il y aurait eu une bagarre, tu aurais perdu et tu te retrouverais dans le même état que maintenant, ligotée et incapable de bouger.

Il glisse une main sur sa chair. Elle s'est peut-être un peu ramollie avec l'âge, et la pesanteur a pu faire son effet, mais elle a conservé une peau merveilleusement douce.

– Tu as joui combien de fois, ce soir ? Je n'ai pas compté. J'espère que tu t'es bien amusée. Car je ne crois pas que tu vas apprécier la suite. Je ne crois pas du tout que ça va te plaire.


Le coup de grâce (jusqu'où la grâce va-t-elle se nicher !) est administré avec le coupe-papier, bien sûr, et c'est au fond ce qu'il avait eu envie d'envoyer à la femme de la boutique, une estocade juste en dessous de la cage thoracique, exprès, puis décrire un arc de cercle pour remonter jusqu'au cœur. À ce moment-là il est en elle, et tente de faire coïncider son propre orgasme avec sa mort, mais le corps suit obstinément son rythme, et c'est peut-être lui le plus sage.

Car ainsi il ne s'intéresse qu'à la lame qu'il tient en main et au regard qu'elle lui lance, et puis au bout il sent son cœur, le sent s'offrir à la lame qui va le percer, voit son regard s'éteindre et sent la vie la quitter. Et *elle fait vraiment partie de lui à présent, comme toutes les autres, toutes celles qu'il a éliminées. Il va de soi qu'avec lui elle a joué à qui perd gagne, qu'il se régale de sa souffrance et vit de sa mort.*

*Et maintenant il en termine, remue tout doucement, tout doucement, en faisant durer le plaisir, à l'intérieur de cette enveloppe de chair sans vie, jusqu'à ce qu'il n'en puisse plus, qu'il soit contraint de capituler, et en touchant au but il pousse un cri de douleur ou de joie.*

*Heureusement, il n'est pas pressé. Il a hâte de s'en aller, de mettre de l'espace entre lui et la morte, mais il se garde bien de brusquer son départ. Il ne veut pas laisser de traces, ou enfin le moins possible. Il s'est donné beaucoup de mal, ce qui va intéresser de près la police et, comme on sait, la médecine légale est d'une efficacité légendaire.*

*Il a eu deux orgasmes, le premier bien avant qu'elle meure, l'autre juste après, et il a donc rempli deux capotes. Il les ferme avec un nœud, pour garder son ADN bien au chaud. Il peut les jeter aux chiottes, en principe la plomberie d'un immeuble de New York est équipée pour, mais imaginez que ça les bouche et qu'elles restent coincées? Mieux vaut les balancer dans un sac poubelle avec les entraves et les cordelettes en soie, la cravache et tous les autres joujoux du Pleasure Chest rangés dans son attaché-case.*

*Il n'y a pas trop de sang. Son sein a saigné un peu, en plus de ce qu'il a sucé. Résultat, il s'en est mis sur la poitrine et les avant-bras. L'ultime blessure, quand il lui a transpercé et arrêté le cœur, n'a pas eu le temps de saigner, et le coupe-papier est toujours plongé dedans.*

*D'abord, une douche. Il avait prévu de s'équiper*

d'un petit morceau de tissu écran de dix centimètres carrés, comme on en trouve dans le commerce pour colmater un trou dans une moustiquaire. Il le colle au-dessus de l'évacuation, le fait tenir avec du ruban adhésif. Comme ça, les cheveux, poils ou autres indices qui pourraient atterrir dans le siphon seront bloqués avant d'être aspirés.

Il se lave à fond avec le savon, le shampoing et l'après-shampoing de la dame. Il s'éponge avec une grande sortie de bain bleue, qu'il met ensuite dans un sac pour s'en débarrasser tranquillement. Il enlève le carré de tissu écran ainsi que le ruban adhésif, eux aussi terminent dans le sac.

Dans un placard, il découvre un aspirateur. Les voisins vont-ils l'entendre, s'il s'en sert ? Possible, et alors ? Il passe l'aspirateur dans tout le studio, puis il le branche ailleurs pour aller le passer sur le lit, le corps, etc.

Les cheveux, voilà l'ennemi, les cheveux et toutes les sécrétions. Il s'imagine, et ce n'est pas la première fois, que ce devait être un jeu d'enfant, il y a cent ans ou plus, pour un criminel – avant l'ADN, les groupes sanguins, la balistique… avant que la médecine légale soit considérée comme une science, avant même qu'il en soit question. On ne voit pas comment on pouvait se faire prendre.

Mais, au fait… combien furent effectivement arrêtés, au juste ? Combien parmi les petits malins, les calculateurs, les Übermenschen du meurtre ? Il devait y en avoir des tas qui passaient au travers des mailles du filet, comme c'est le cas pour lui, depuis un bon bout de temps…

Il avait pris un bain avant de venir et dans son bain il s'était lavé les cheveux, mais on n'arrête pas de se déplumer et on perd toujours des fragments de peau. Il vient de finir de passer l'aspirateur lorsqu'il se

166

*rappelle qu'il était là la veille au soir, et va savoir s'il n'a pas laissé des cheveux et des particules de peau ? Et puis... elle a ensuite dû changer les draps, non ?*

*Il retrouve ceux de la veille dans le panier à linge sale, les roule en boule, et tant qu'à faire embarque tout le reste. Ce n'est qu'un petit détail, et sans doute inutile, mais à quoi bon prendre des risques ?*

*Elle garde son argent liquide dans le tiroir à sous-vêtements. Il n'y a pas une fortune, moins de mille dollars, mais ça peut lui servir, et plus à elle manifestement. Il a eu des frais : deux cents dollars pour le coupe-papier en bronze, autant pour la quincaillerie érotique, sans compter la bouteille et les fleurs. En lui piquant son fric, il rentabilise les activités du soir. Sauf que pour elle, évidemment, le compte est bon.*

*Il passe enfin un bon coup de chiffon pour effacer ses empreintes. Il n'a pas touché à grand-chose, ni ce soir ni les fois d'avant. Il essuie la bouteille de Strega, procède de même avec leurs deux verres. Il va chercher dans le bar la bouteille de Glenmorangie qu'elle a achetée à son intention, s'en siffle une rasade, essuie la bouteille et la remet en place. Peu importe le vase posé sur la cheminée. Il n'y a pas touché, et on ne laisse pas d'empreintes sur les fleurs.*

*Mais sur le papier, si, et il a tripoté dans tous les sens celui dans lequel elles étaient enveloppées. Il le récupère dans la corbeille de la cuisine et le flanque dans l'un de ses sacs poubelle.*

*Il est resté nu tout du long. Maintenant qu'il a fini le boulot, il enfile les vêtements déposés sur la chaise de la chambre. Il ramasse ce qu'il a l'intention d'embarquer et l'aligne devant la porte d'entrée. Est-ce que ça y est ? Il peut y aller ?*

*Une dernière chose.*

*Il s'empare de petits ciseaux à ongles posés sur la coiffeuse, se campe devant la glace murale grossis-*

*sante et se coupe trois poils dans la moustache. Il en abandonne un sur le drap, à côté de son bras droit, puis il lui sème les deux autres dans la touffe.*

*Et hop!*

## 14

Le Mother Blue's était à moitié plein ou à moitié vide, selon, dirais-je, que l'on y a ou pas investi du fric. C'est rare, de nos jours, un club de jazz qui n'est pas situé dans le centre de Manhattan, ni à SoHo ou dans le Village, et ceux qui ne sont pas d'ici ont du mal à le trouver. Sa clientèle se compose pour moitié de gens qui viennent de partout en ville pour écouter de la musique et de riverains qui n'ont rien contre la musique et viennent souffler un peu et passer un bon moment. Il y a toujours eu *grosso modo* autant de Noirs que de Blancs, mais depuis quelque temps les Asiatiques ont décidé d'y mettre leur grain de sel.

Danny Boy y est trois ou quatre soirs par semaine. Le reste du temps il fréquente le Poogan's Pub de la 72e rue Ouest, entre Columbus et Amsterdam Avenue. Il n'y a pas de musique au Poogan's, en dehors de ce qui monte du juke-box, et si l'endroit possède un autre charme que son côté canaille et gouailleur, je ne l'ai jamais remarqué. Je n'y vais que lorsque je cherche Danny Boy, mais je n'hésite pas à me rendre au Mother Blue's rien que pour la musique.

Danny Boy s'était installé à une table à côté de l'estrade, et il fut le premier à nous apercevoir. Il souriait déjà quand je le repérai et nous fit signe de le rejoindre.

– Matt et Elaine… Asseyez-vous, asseyez-vous. Je vous présente Jodie. Jodie, voici Matt et Elaine.

Chinoise, Jodie avait des cheveux noirs et raides comme des baguettes de tambour qui lui retombaient sur les épaules, encadrant un visage ovale aux jolis traits fins. Elle parut beaucoup s'amuser de quelque chose alors qu'il faisait les présentations, et pendant tout le reste de la soirée aussi elle eut l'air de s'esbaudir en son for intérieur. Je ne sais toujours pas si elle s'amusait de tout et de rien ou si c'était seulement son expression naturelle.

– Ils font la pause, nous expliqua Danny en désignant l'estrade d'un signe de tête. Vous connaissez la section rythmique. (Il cita le nom des musiciens.) Et ce soir ils sont accompagnés d'un sax ténor… qui n'a rien d'original, sauf que par moments il me rappelle Ben Webster, non, sans déconner. Il est jeune, je ne sais même pas s'il a déjà entendu parler de Ben Webster, et il ne l'a certainement jamais entendu en live, mais vous allez voir un peu s'il ne joue pas comme lui !

Je n'ai jamais rencontré un type comme Danny Boy Bell, mais bon… tout le monde pourrait en dire autant. Avec ses un mètre cinquante, et encore, il est suffisamment petit pour s'habiller chez Barney au rayon «garçons», même si, de fait, il porte depuis vingt ans des costumes coupés par un tailleur de Hong Kong qui passe de temps à autre par New York, ce qui ne lui revient pas plus cher, lui évite d'être gêné et lui épargne de devoir sortir avant la tombée de la nuit. Albinos et fils de parents antillais, la lumière vive l'aveugle et ne sied pas à sa peau. Il reste toute la journée chez lui, à lire, dormir ou téléphoner, et il passe ses soirées au Poogan's ou au Mother Blue's.

Son boulot consiste à donner des renseignements. Ses contacts ont pour la plupart été déjà arrêtés, mais un rapport d'interpellation ne fait pas forcément de vous un criminel. Ils doivent appartenir au milieu, même si Elaine pense que la vieille expression française de

« demi-monde » est plus appropriée, ne serait-ce que parce que c'est français, justement… Putes et proxos, joueurs et arnaqueurs, roublards et gogos, ils ont tendance à venir le voir ici ou à lui téléphoner. Il lui arrive de les monnayer, ces informations qu'il a transmises, mais pas souvent, et en général ça ne représente pas grand-chose. D'ordinaire, il rend des services à ceux qui le renseignent, ou bien il leur donne d'autres renseignements en échange, quand il en a s'entend, vu que la plupart du temps on ne lui parle que pour faire circuler l'information.

Du temps où j'étais flic c'était l'un de mes indics, et nous avons continué à nous voir après que j'eus rendu ma plaque. Depuis quarante ans que je le connais, nous sommes devenus copains, et je crois avoir déjà expliqué que c'est à sa table que j'ai fait la connaissance d'Elaine.

Laquelle Elaine remarqua qu'il avait bonne mine, ce qu'il ponctua d'un hochement de tête triste.

– La première fois qu'on m'a dit ça, soupira-t-il, c'était le jour où je me suis rendu compte que je vieillissais. Tu as déjà entendu quelqu'un dire à un petit jeune de vingt ans qu'il a bonne mine ? Prends Jodie, par exemple, elle est absolument superbe, et je n'hésiterais pas à le lui avouer, mais il ne me viendrait pas à l'esprit de lui raconter qu'elle a bonne mine. Regarde-la… elle a la peau d'une petite pépète chinoise, passe-moi l'expression. Elle va devoir attendre encore vingt ans pour qu'on lui dise qu'elle a bonne mine !

– Je retire ce que j'ai dit, Danny.

– Non, pas la peine, Elaine. Je suis un vieux schnock, ce n'est pas un secret, et à mon âge ça me met du baume au cœur de m'entendre dire que j'ai bonne mine. Surtout quand ça vient d'une belle jeune femme comme toi.

– Merci, mais ça fait un certain temps que j'ai moi aussi bonne mine.

– Tu es toujours une ravissante jeune femme ! Demande à ton mari, si tu ne me crois pas. Dis, Matt, c'est juste une visite amicale, non ? Je l'espère, car si c'est pour affaires, il faudrait qu'on en finisse avant le retour du groupe.

– Juste une visite amicale, répondis-je. On espère que la musique va nous changer les idées. On est allés voir une pièce sur la Shoah, et Elaine en est sortie persuadée qu'on n'en était qu'au premier acte.

Il comprit à demi-mot et hocha la tête.

– Je ne m'intéresse pas trop à ce qui se passe dans le monde, mais enfin ce que je vois ne me plaît pas beaucoup.

Elaine lui demanda s'il continuait toujours à dresser sa liste.

– Bon sang ! s'écria-t-il. Tu es au courant ?

– C'est Matt qui m'en a parlé.

Quelques années plus tôt, Danny avait été opéré d'un cancer du colon et puis il avait eu droit à la suite. Soit à de la chimiothérapie, j'imagine. Quand je l'ai appris, il était de nouveau sur pied, mais ça lui avait permis d'entrevoir que nous sommes tous mortels et l'avait amené à réagir de façon curieuse : il avait dressé la liste de tous ceux qu'il avait connus et qui avaient passé l'arme à gauche, en commençant par un petit jeune de son école qui s'était fait écraser par une voiture. Ce soir-là, en me levant de sa table, j'avais eu du mal à ne pas dresser ma propre liste dans ma tête.

Maintenant, avec le temps, nos deux listes avaient dû beaucoup s'allonger.

– J'ai arrêté, déclara-t-il, quand j'ai estimé qu'il s'était écoulé assez de temps sans rechute pour que j'aie une chance de triompher de cette saloperie. Mais ce qui a été vraiment déterminant, ç'a été les attentats du World Trade Center. Quarante-huit heures après l'écroulement des deux tours, le mec du coin, à qui j'achète depuis

172

vingt ans le journal en rentrant chez moi, eh bien, il m'a raconté que son fils se trouvait dans la tour nord, juste à l'étage sur lequel l'avion est venu s'écraser. Si vous avez respiré un bon coup, ce jour-là, vous avez inhalé ses cendres… Je le connaissais, ce jeunot ; dans le temps il venait tous les samedis soir donner un coup de main à son vieux pour rassembler les cahiers du *New York Times* du dimanche. Tommy, qu'il s'appelait. Je suis rentré chez moi et j'allais le porter sur ma liste quand je me suis dit : «Dis donc, Danny, à quoi ça rime tout ça, hein ? Ils crèvent tellement vite que t'as pas le temps de les inscrire…

– Je suis drôlement contente qu'on soit venus ici, ironisa Elaine. Je me sens déjà beaucoup mieux.

Il s'excusa, elle lui dit de ne pas être bête. Arrête ton char, qu'elle lui dit. Il sortit la bouteille de vodka du seau argenté pour remplir son verre, la serveuse nous apporta enfin ce que nous avions commandé, Elaine et moi, depuis une éternité, un Coca pour moi, un lime rickey pour elle, ainsi qu'un autre sea breeze pour Jodie, puis le groupe revint nous interpréter entre autres *Laura, Epistrophy, Mood Indigo* et *Round Midnight*. Danny avait raison : le sax ténor, il avait un son qui ressemblait beaucoup à du Ben Webster.

Juste avant qu'ils fassent la pause, le pianiste, un Noir décharné avec lunettes à monture d'écaille et barbichette impeccablement taillée, annonça qu'ils allaient terminer sur une chanson évoquant une célèbre Française callipyge résidant en Angleterre.

– Mesdames et messieurs, pour votre plaisir, voici *London Derrière* !

Des rires fusèrent, au milieu de la stupéfaction générale. Il s'agissait évidemment d'un calembour sur *Londonderry Air*, le titre original d'une mélodie irlandaise connue généralement sous le nom de *Danny Boy*. Elle est certes magnifique, mais on a du mal à imaginer que des jazzmen puissent broder dessus. Ils l'avaient choisie pour donner un coup de chapeau à Danny Boy Bell, qui réussit à avoir l'air tout à la fois flatté et agacé. Le sax ténor nous interpréta un chorus super, à vous fendre le cœur, que le groupe reprit ensuite sur un tempo plus rapide, en y introduisant des variations. Je n'y trouvai rien à redire, sinon que pour moi c'était comme un titre nouveau. Exception faite pour le premier solo au sax ténor, qu'on aurait pu écouter toute la nuit, surtout en ayant un verre à la main…

Ils conclurent, saluèrent la salle qui les applaudissait et quittèrent la scène. Le pianiste vint voir Danny Boy en espérant, dit-il, qu'il ne l'avait pas mal pris. Bien sûr que non, répondit celui-ci, qui leur conseilla, à ses copains et lui, de garder le sax ténor.

– J'aimerais bien, soupira le pianiste. Il reste encore une semaine après jeudi, mais après il prend l'avion pour Stockholm.

– Ah oui, et pour y faire quoi ? voulut savoir Danny.

– Goûter de la chatte blonde, déclara le pianiste.

S'apercevant qu'il y avait deux femmes autour de la table et qu'elles avaient l'air outrées, il se confondit en excuses et s'éclipsa sans demander son reste.

Danny but de la vodka.

– Ah là là ! fit-il. Qu'est-ce que je l'ai toujours détesté, ce thème !

– La mélodie est superbe, lui fit remarquer Elaine.

– Et les paroles, elles ne sont pas jolies elles aussi ? « L'été est fini, les roses toutes sont tombées. » Mais on n'arrêtait pas de me les seriner quand j'étais gosse. On me charriait avec ça.

– À cause de ton surnom.

– Bah, on m'aurait charrié de toute façon. Parce que j'étais le gamin le plus cocasse de la bande, le petit

174

négro au visage et aux cheveux blancs qui ne pouvait pas faire de sport et qui était obligé de porter des lunettes de soleil, et qui, en plus, était moins con que tous les autres à l'école, y compris les profs.

– Il n'empêche que tu l'as gardé, ce surnom, dit Jodie.

– Ce n'était pas un surnom. Daniel Boyd Bell, c'est comme ça que je m'appelais au départ. C'était le nom de jeune fille de ma mère, Boyd, B-O-Y-D, ça se prononce comme Bird avec l'accent de Greenpoint. Dès que j'ai eu l'âge de répondre quand on s'adressait à moi, je suis devenu Danny Boyd, et le D est tombé parce qu'on ne l'entendait pas, et on pensait que c'était Danny Boy, B-O-Y, comme dans la chanson irlandaise.

Son visage s'assombrit.

– Vous savez, à côté de tous ceux que je connais qui se faisaient enculer par leur père et tabasser par leur mère, je crois que je m'en suis bien sorti. Quand on y pense...


Nous écoutâmes encore un set et Danny refusa de me laisser payer.

– Vous avez pris deux Cocas, dit-il, et un verre d'eau de Seltz avec une rondelle de citron vert. Je crois que c'est dans mes moyens.

J'évoquai le prix d'entrée et m'entendis répondre que personne assis à sa table ne payait jamais l'entrée.

– Ils ne veulent pas me perdre comme client, expliqua-t-il. Ne me demande pas pourquoi.

Je me retrouvais à sortir la photo de l'insaisissable David Thompson. Je la lui montrai, en lui demandant si cette tête lui disait quelque chose.

Il fit signe que non.

– Elle devrait ?

– Sans doute pas. Comme il a une boîte postale dans le coin, je me suis dit qu'il venait peut-être ici.

– Il n'a pas une tête qui vous frappe, mais je ne crois pas l'avoir vu. Tu veux m'en faire des reproductions, pour que je la montre autour de moi ?

– Je ne pense pas que ça en vaille le coup.

– Comme tu veux, répondit-il en haussant les épaules. Au fait, qui est-ce ?

– Ou bien il s'appelle David Thompson, ou bien il s'appelle autrement.

– Ah… Tu sais, on peut dire la même chose de pratiquement tout le monde.


– Tu es génial, tu sais ? m'annonça Elaine lorsque nous revînmes chez nous. Tu as réussi à égayer une soirée triste. As-tu jamais pensé que tu entendrais le même individu se décrire, le même soir, comme un petit nègre albinos et ensuite comme un vieux schnock ?

– Non, maintenant que tu en parles.

– Et si tu n'avais pas été là, on serait passés à côté. Tu sais ce que tu as gagné, mon grand ?

– Non, quoi donc ?

– Une séance de gros câlins. Mais j'estime que tu devrais la partager avec quelqu'un de propre et qui sent bon, alors je vais faire un brin de toilette. Et tu as peut-être envie de te raser.

– Et de prendre une douche.

– Et de prendre une douche. Retrouve-moi dans la chambre d'ici une demi-heure.

Il était alors aux alentours de minuit et demi, et il ne devait pas être loin d'une heure et demie du matin lorsqu'elle me demanda :

– Tu vois ? Qu'est-ce que je te disais ? Tu as eu droit à une séance de gros câlins.

– J'ai quand même eu de la chance de te rencontrer.

– Espèce de vieux nounours. Oh, et puis…

– Et puis quoi ?

176

– Je réfléchissais… Tu sais, je ne connais absolument personne dans le métier, de sorte que je ne peux même pas me renseigner.

– À quel sujet ?

– Eh bien… je me demandais quelles répercussions le Viagra avait eu sur le boulot des putes. Parce que ça doit avoir des conséquences énormes, tu ne crois pas ?

– Tu es complètement maboule.

– Hein ? Moi, maboule ? Comment oses-tu me traiter de maboule ?

– Ça n'a rien de méchant. Bonne nuit. Je t'aime.

Ce fut donc une bonne nuit, une nuit géniale. Ce que j'ignorais, c'est qu'il n'allait plus y en avoir d'autres.

# 15

L'odeur du café me réveilla, et quand j'arrivai dans la cuisine Elaine m'en avait servi une tasse et mettait un muffin dans le grille-pain. *Today* passait à la télé, avec Katie Couric qui s'efforçait d'adopter un ton badin pendant que son invité parlait de son nouveau livre sur les massacres perpétrés au Soudan.

– Quel nullard ! lâcha Elaine. Il présente sur la chaîne nationale un bouquin qui traite d'un sujet important, et les gens ne vont voir qu'une chose… c'est qu'il porte une moumoute.

– Et en plus elle est pas terrible.

– Si elle était bien, on ne la remarquerait pas aussi vite. Et puis… imagine un peu comme il doit transpirer sous les éclairages du studio, avec ce machin qui lui colle au cuir chevelu comme une vieille crêpe.

Elle but un café, mais n'avala rien de solide. Elle s'en allait à son cours de yoga, comme deux ou trois fois par semaine, et elle trouvait que ça lui faisait plus de bien si elle n'avait pas mangé avant. À huit heures et quart elle était partie, et je m'en félicitai, vu la suite.

Car elle n'était plus là lorsque l'émission s'interrompit pour laisser place aux infos régionales, à huit heures vingt-cinq. On déplorait le meurtre d'une femme à Manhattan, mais sans préciser son nom ni l'endroit où ça s'était passé. Rien d'exceptionnel, New York est une grande ville et ça ne rigole pas tous les jours, mais bon, j'eus envie de changer de chaîne et d'aller voir sur New York One, qui diffuse en continu des infos régionales. En attendant j'eus droit à une déclaration du maire, à un bulletin météo encourageant et à deux ou trois pubs. Puis un journaliste nous fit part, en voix off, du meurtre accompagné d'actes de torture d'une femme célibataire résidant à Manhattan, et mon cœur se serra.

Le tout suivi d'un plan de son immeuble – ce n'était pas forcément elle, il y avait d'autres gens qui habitaient là, et elle ne devait pas être la seule célibataire. Il n'y avait aucune raison pour qu'il s'agisse d'elle. C'était peut-être une autre nana que l'on avait retrouvée à poil dans sa chambre, tuée à coups de couteau au terme, apparemment, de ce que le journaliste présenta, de façon sinistre à souhait, comme «une débauche de tortures et de sévices sexuels».

Mais moi, je savais bien qu'il s'agissait d'elle.

On ne divulguerait pas son identité, nous dit-on, tant que l'on n'aurait pas averti sa famille. En avait-elle seulement une? Je ne m'en souvenais pas, si tant est que je l'aie jamais su. Il me semblait que ses parents étaient morts et qu'elle n'avait pas d'enfants. Avait-elle un ex-mari, et faudrait-il alors le prévenir? Avait-elle des frères ou des sœurs?

Je décrochai le téléphone et composai un numéro que je n'avais pas besoin de chercher. Une voix inconnue me répondit:

– Poste de police!

C'est alors seulement que je me rendis compte qu'on était samedi, et que de toute façon Joe Durkin ne travaillait plus à Midtown North. J'y connaissais bien deux ou trois autres flics, mais seulement de loin. Et puis ils n'étaient pas chargés de l'enquête, ça ne s'était pas passé dans leur secteur. Joe, lui, il m'aurait filé un coup de main, il aurait téléphoné à droite et à gauche, mais les autres là-bas n'allaient certainement pas se fatiguer. On savait seulement que j'étais un copain de Joe, un mec qui avait démissionné et passé depuis plus de temps en dehors de la police qu'en son sein, et on n'avait pas de comptes à me rendre.

À qui d'autre m'adresser ? Le dernier flic avec qui j'avais bossé de près, c'était Ira Wentworth, un inspecteur affecté au Deux-Six, qui se trouve dans la 126ᵉ rue Ouest. On était restés un moment en contact après avoir élucidé une affaire (qui, à dire vrai, s'était peu ou prou élucidée d'elle-même), et il aimait bien venir chez nous, proclamant que c'était Elaine qui faisait le meilleur café de New York.

Mais nous nous étions perdus de vue et nous ne nous envoyions plus que des cartes de vœux à Noël. À quoi bon lui téléphoner maintenant, vu que ça ne s'était pas non plus passé dans son secteur…

Mais son numéro à elle je le connaissais par cœur, et donc je le composai. Si elle décrochait, je trouverais toujours quelque chose à lui raconter. Sauf que j'étais presque certain que cela ne se produirait pas.

Ça sonna jusqu'à ce que la messagerie vocale se déclenche et je raccrochai.

On mettrait tôt ou tard en service un numéro vert à l'intention des gens qui disposaient de renseignements, mais on n'en avait pas parlé aux infos. Je savais dans quel district ça s'était passé, pour y avoir même été affecté pendant plusieurs années, même si cela faisait belle lurette que je n'avais plus aucun contact avec mes anciens collègues du coin. Pas sûr d'ailleurs que ce soit eux qui soient chargés de l'enquête. La brigade des Homicides risquait de leur avoir coupé l'herbe sous le pied, mais enfin c'était d'abord à eux qu'on avait signalé le meurtre, et il devait bien y avoir là-bas quelqu'un qui avait des choses à dire.

Je cherchai le numéro et tombai sur le standardiste. Je déclinai mon identité et donnai mon numéro de téléphone sans lui laisser le temps de me les demander, puis je lui expliquai que j'avais appris aux infos qu'une femme avait été assassinée dans le secteur. J'avais reconnu l'immeuble, car une de mes amies y habitait, et, n'ayant pas saisi le nom de la personne en question, je craignais qu'il ne s'agisse d'elle.

Il me fit patienter et quand il reprit la communication il m'annonça qu'on ne pouvait pas encore divulguer son identité.

Ce que je comprenais, répondis-je, étant moi-même flic à la retraite. Et si je lui donnais le nom de mon amie ? Pourrait-il alors me dire si c'était elle ou pas ?

Il réfléchit et n'y vit pas d'objection. Je fis comme convenu, son silence fut éloquent.

– Je suis désolé, reprit-il, mais c'est bien ce nom qu'on a relevé. Vous voulez bien attendre ? Je vais vous mettre en communication avec quelqu'un qui travaille sur l'affaire.

Je patientai, et il dut rancarder l'autre gus avant de me le passer, car lorsque je l'eus au bout du fil il savait qui j'étais et ce que je voulais. Il s'appelait Mark Sussman. C'était son équipier et lui qui avaient démarré l'enquête, et ils allaient continuer à la mener tant qu'on ne la refilerait pas à quelqu'un d'autre.

Serais-je par hasard un parent de la victime ? Non, répondis-je. Disposais-je d'informations leur permettant de contacter des membres de sa famille ? Non plus, et je n'étais pas sûr qu'il lui reste de la famille. Je ne fis pas allusion à son ex-mari, étant donné que je ne savais pas trop comment il s'appelait et que j'ignorais où il habitait, et même s'il était toujours vivant…

– Un voisin l'a reconnue, enchaîna-t-il. Et elle a la même tête que celle qui figure sur la photo de son passeport rangé dans le tiroir, ce qui fait qu'on est quasiment sûrs de savoir de qui il s'agit. Il serait bien que vous procédiez à une identification formelle, si vous n'y voyez pas d'inconvénient.

Le corps se trouvait-il toujours à l'appartement ?

– Non, on l'a évacuée dès que le légiste l'a examinée et que les photographes ont eu fini leur travail. Elle est à la morgue, à… enfin, vous devez savoir où ça se trouve.

En effet. Il leur faudrait attendre un peu, lui expliquai-je, car je ne pouvais pas bouger avant le retour de ma femme. Il me renvoya qu'il n'y avait pas le feu.

– N'importe comment, il va falloir qu'on discute un peu tous les deux. Avant que vous ayez identifié le corps ou après. Si vous la connaissiez, cette femme, vous serez peut-être en mesure de nous aiguiller dans la bonne direction.

– Qui sait…

– On n'a pas encore le rapport préliminaire de la médecine légale, mais l'autre fils de pute n'a pas l'air d'avoir laissé beaucoup d'indices matériels. On pourrait manger à même le sol, à voir la propreté de l'appartement. À condition d'avoir de l'appétit et de ne pas regarder ce qu'il lui a fait…

Je ne savais pas quoi faire. Machinalement, je me resservis un autre café, mais j'avais l'impression d'en boire sans discontinuer depuis quelque temps. Je le jetai et rallumai la télé, comme si ç'allait m'en apprendre davantage que ce que m'avait dit Sussman. Trouvant le journaliste crispant, j'éteignis le poste sans lui laisser le temps d'aller plus loin que son point sur la circulation.

Je n'arrêtais pas de décrocher et de raccrocher le téléphone. A un moment donné, j'avais à peine composé le numéro de Sussman que je me ravisai : qu'est-ce que j'allais lui raconter ? Que je voyais très bien qui avait fait le coup, mais que je ne savais pas comment il s'appelait ni où le trouver ?

Je regardai le téléphone et il me revint un numéro, un

numéro que je n'avais pas appelé depuis longtemps. Celui de Jim Faber : et j'aurais bien voulu l'appeler, ce numéro-là, et entendre la voix de mon défunt parrain aux Alcooliques anonymes. Que m'aurait-il dit ? Facile. Il m'aurait dit de ne pas boire.

Je n'avais pas envie de picoler, ça ne m'était pas venu à l'esprit, mais maintenant si, et je me félicitais qu'il n'y ait pas d'alcool chez nous. Car pourquoi distille-t-on le whisky, pourquoi le met-on en bouteille, sinon pour des occasions pareilles ?

Il y avait d'autres copains des AA que je pouvais contacter, d'autres mecs et d'autres nanas dont je pouvais être sûr qu'ils me diraient de ne pas boire. Mais je n'allais pas picoler, et tous leurs beaux discours me cassaient les pieds.

J'appelai T.J. pour lui annoncer la nouvelle.

– Bon sang, quelle horreur ! s'exclama-t-il.

– Hein...

– J'ai regardé les infos et entendu ce qu'ils ont dit, mais sans faire le rapport.

– Normal.

– Putain, ça m'en met un coup.

– Et à moi donc !

– Elaine est là ?

– Elle avait un cours de yoga. Elle devrait rentrer d'un instant à l'autre.

– À moins qu'elle n'aille directement au magasin. Si tu veux, j'arrive et je l'attends avec toi.

– La Bourse n'est pas ouverte ?

– Ça ne va pas tarder, mais peu importe. La Bourse de New York s'en sortira très bien sans moi.

– Non, ça ira, lui dis-je.

– Si tu changes d'avis, appelle-moi. Je n'en ai que pour une minute pour clore la séance et puis je me pointe chez toi.

Je raccrochai et tentai de joindre Elaine à la boutique.

Je ne pensais pas qu'elle s'y rendrait, il est rare qu'elle ouvre avant onze heures, mais enfin on ne sait jamais. Quand le répondeur se déclencha, je m'efforçai d'adopter un ton neutre pour lui dire que c'était moi et lui demander de décrocher si elle était là. Ouf !

Quelques minutes après, j'entendis sa clé dans la serrure.

Je me trouvais à côté de la porte lorsqu'elle ouvrit, et à voir ma tête elle comprit tout de suite qu'il s'était passé quelque chose. Je l'invitai à entrer, lui pris son sac de sport et lui demandai de s'asseoir.

Je ne sais pas pourquoi on procède ainsi. « Assieds-toi », dit-on en désignant les chaises. « Tu es assise ? » demande-t-on avant d'annoncer la nouvelle au téléphone. Qu'est-ce que ça change ? Craint-on vraiment que l'autre tombe dans les pommes ? Y a-t-il beaucoup de gens qui se blessent de cette façon, en s'effondrant quand on leur annonce une mauvaise nouvelle ?

« Sois courageuse », voilà ce qu'on dit. Comme si c'était possible. Comme si l'on pouvait se préparer à apprendre quelque chose d'aussi horrible.

– Je l'ai appris en regardant les infos, déclarai-je. Monica est morte. Assassinée.

# 16

Ils n'étaient pas vraiment prêts à nous la montrer. L'autopsie n'était pas terminée et une dame qui avait l'air d'avoir passé trop de temps en compagnie des défunts nous demanda d'attendre, avant de nous faire entrer dans une grande pièce et de nous escorter jusqu'à une table où quelque chose de bosselé était recouvert d'un simple drap blanc. Elle découvrit la tête, il n'y avait pas d'erreur possible. C'était bien Monica.

– Oh, non ! s'écria Elaine. Non, non, non !...

Nous ressortîmes.

– Ma meilleure amie ! La meilleure amie que j'aie jamais eue... On se parlait tous les jours, absolument tous les jours. Avec qui vais-je parler, maintenant ? Ce n'est pas juste, je suis trop vieille pour me refaire une nouvelle meilleure amie.

Un taxi passa, je le hélai.

Je n'avais pas voulu l'emmener à la morgue, mais je n'avais pas non plus voulu la laisser seule. De toute façon, c'était à elle et non à moi de décider, et elle n'en démordait pas. Elle voulait m'accompagner, et elle voulait voir sa copine. À la morgue, lorsque la dame nous prévint que ce ne serait pas très joli à voir, je lui expliquai qu'elle n'était pas obligée d'en passer par là. Elle ne fut pas de cet avis.

– Comme ça, on réalise vraiment, dit-elle dans le taxi. C'est pour ça qu'on organise un service funèbre devant le cercueil ouvert. Pour qu'on sache bien ce qu'il en est, pour qu'on l'accepte. Sinon, il y aurait toujours quelque chose en moi qui refuserait d'admettre qu'elle est morte. J'en viendrais à croire que je pourrais l'appeler au téléphone et qu'elle me répondrait.

Je gardai le silence, me contentant de lui tenir la main. Le taxi ayant roulé jusqu'au carrefour suivant, elle reprit la parole :

– De toute façon, j'y croirai. D'une certaine manière. Mais un peu moins que si je n'avais pas vu son joli visage. Oh là là, Matt !...

Lorsque nous fîmes la connaissance de Mark Sussman, je le trouvai tout d'abord incroyablement jeune, avant de songer, à titre de correctif, qu'il avait à deux ans près le même âge que moi lorsque j'avais quitté la police. Petit, le haut du corps bien développé, il donnait l'impression de faire des poids et haltères, et dans ses yeux marron foncé brillait un regard énigmatique.

Il avait fait la fac, ce qui de nos jours mérite à peine d'être signalé. Je ne pense pas qu'il y ait eu un seul de mes condisciples, à l'École de police, qui ait suivi des études supérieures, et certes pas jusqu'au bout. A cette époque-là, on avait l'impression que ce n'était pas bon pour un flic d'aller à la fac, que l'on y apprenait trop de salades et pas assez de trucs solides, que ça vous émasculait tout en vous donnant un sentiment de supériorité immérité. C'était de la connerie, évidemment, au même titre que ce qu'on pensait en général dans la plupart des domaines.

Il avait effectué un double cursus à la faculté de Brooklyn – histoire et sociologie – et après sa licence il aurait poursuivi dans l'une des universités qui l'avaient accepté s'il ne s'était pas rendu compte qu'il n'avait pas envie de devenir prof. Il avait suivi des cours de criminologie à John Jay et en avait conclu que c'était ça qui l'intéressait, mais pas en tant qu'objet d'étude, non – pour mettre ses connaissances directement en pratique. Cela remontait à dix ans. Maintenant, il se baladait avec une plaque et avait un bureau dans la salle des inspecteurs du sixième commissariat de quartier de la 10e rue Ouest, dans le Village.

Il s'assit derrière le bureau en question, nous nous installâmes à côté, chacun sur une chaise.

– Monica Driscoll, dit-il. Enfin... on a aussi retrouvé des documents sur lesquels on parle d'une certaine Monica Wellbridge.

– C'était le nom de son ex-mari, expliqua Elaine. Elle ne l'a jamais porté.

– Elle a repris son nom de jeune fille ? Quand a-t-elle divorcé ? Récemment ?

– Oh là, non ! Il y au moins quinze-vingt ans... Et puis non, Monica n'avait plus aucun contact avec Derek Wellbridge. Elle ne savait pas où le joindre, ni même seulement s'il était vivant et joignable.

– C'est un nom peu courant, fit remarquer Sussman. L'informatique va peut-être nous aider à le retrouver. S'il y a lieu de chercher... Vous ne nous avez pas dit qu'elle voyait quelqu'un ?

– Si, et il était très secret.

– J'imagine que vous ne l'avez pas rencontré.

– Non. Elle ne voulait même pas me dire comment il s'appelait. Au début, j'ai cru que c'était parce qu'il était marié, même si elle nous a déjà présenté plusieurs de ses jules qui étaient dans la même situation.

– Ça lui arrivait souvent ? Je veux dire... de sortir avec des mecs mariés ?

Normalement, la réponse coulait de source, mais

Elaine ne voulait pas faire passer sa copine pour une cuisse légère ou une tête de linotte.

– Si elle sortait avec quelqu'un, finit-elle par répondre, il se trouve en général qu'il était marié.

– Elle commettait toujours la même erreur ?

– Non, c'était ça qu'elle recherchait. Elle n'avait pas envie de se recaser, pas question pour elle d'être scotchée à quelqu'un.

– Ce M. X… depuis quand le fréquentait-elle ?

– Pas depuis longtemps. Quinze jours ? Trois semaines ? En tout cas, moins d'un mois.

– Que savez-vous de lui ?

– Euh, voyons voir… Il se livrait très peu, il était parfois obligé de quitter New York sans pouvoir lui dire où il s'en allait. Elle avait dans l'idée qu'il travaillait pour l'État. Ou pour un État quelconque. Du style agent secret.

– Elle vous l'a décrit ?

– Bien habillé, très soigné. Mais bon, je ne l'ai jamais vue avec quelqu'un qui ne le soit pas. Ah si ! Il portait la moustache.

– Oui, ça concorde. (Il posa son stylo et nous regarda.) Le concierge a fait monter quelqu'un chez elle hier soir, vers neuf heures et demie-dix heures. Le type s'est présenté et elle a dit de le laisser monter.

– S'il a donné son nom au concierge…

– Oui, enfin… on a encore de la chance que l'autre petit génie se rappelle la moustache. Et puis les fleurs.

– Les fleurs ?

– Ce qui colle parfaitement, car on a retrouvé des fleurs fraîchement coupées dans un vase posé sur la cheminée. Il devait aussi tenir quelque chose dans la main, car il a été obligé de le poser pour se caresser la moustache pendant qu'il attendait l'ascenseur.

– Il a posé quelque chose pour se caresser la moustache ?

– Plutôt pour se la lisser. Vous voyez ? Comme ça. (Il fit le geste.) Il voulait être sûr de bien présenter avant de monter. En tout cas, c'est ce qui explique (il consulta ses notes) qu'Hector Ruiz ait remarqué sa moustache. (Il regarda Elaine.) C'est tout ce qu'elle vous a dit sur lui ? Qu'il était bien habillé et portait la moustache ?

– Je ne me souviens de rien d'autre. Elle nous expliquait que c'était un bon amant. Très vigoureux, plein d'imagination…

– Elle ne croyait pas si bien dire…

Elle le scruta.

– De toute façon vous l'apprendrez dans les médias, quoi qu'on fasse pour étouffer l'affaire. On a relevé des traces de liens sur ses poignets et ses chevilles et aussi des traces de ruban adhésif autour de sa bouche. Sauriez-vous, par hasard, si elle donnait dans ce genre de pratiques ?

– C'était une femme branchée et plus toute jeune, qui habitait seule à Greenwich Village. Pas besoin de vous faire un dessin.

– D'accord, mais…

– Je ne pense pas, coupa-t-elle, qu'elle avait des goûts spéciaux. Je ne crois pas qu'elle ait été portée sur quoi que ce soit de particulier. Mais bon, à mon avis, si elle aimait bien un mec et si, lui, il y avait un truc qui le branchait, elle ne jouait pas les pucelles effarouchées.

– Elle n'appelait pas papa-maman au secours… D'après nos renseignements, ses parents sont morts tous les deux.

– Oui, il y a longtemps.

– Et à votre connaissance, elle n'a pas de famille ?

– Elle avait un frère, mais il est décédé. Il se pourrait qu'il y ait une tante ou un cousin quelque part, mais personne dont j'aie entendu parler. Personne avec qui elle serait restée en contact.

– Quant au fait qu'elle n'était pas branchée bondage, sado-maso, appelez ça comme vous voulez, ça collerait parfaitement avec ce qu'on en avait déduit. Je ne sais pas si vous êtes déjà tombé là-dessus, dit-il à mon adresse, mais ça a dû vous arriver, du temps où vous bossiez dans ce commissariat. Ceux qui sont portés sur les pratiques sexuelles un peu olé olé, ils ont un placard entier rempli de matos, cuir, caoutchouc, masques, chaînes… à croire qu'ils tiennent davantage au fourbi lui-même qu'à ce qu'on peut fabriquer avec. Elle n'avait rien, pas de menottes, pas de fouet, rien de tout ce bordel. Pas que…

Il s'interrompit, puis se mit à rire.

– Vous regardez *Seinfeld* ? J'allais dire : « Pas qu'il y ait quoi que ce soit de répréhensible à ça. » Vous vous en souvenez, de cet épisode ?

– Bien sûr.

– Excusez-moi, je ne voulais pas prendre ça sur le ton de la plaisanterie. D'après ce qu'on a constaté, il a apporté tout ce dont il pensait avoir besoin, et après en avoir fini il a tout remporté. Elle disait qu'il était soigné ? Il faut reconnaître que c'est l'hétérosexuel le plus soigné du monde. On a trouvé une bouteille d'alcool, un digestif italien… Je l'ai noté quelque part. Peu importe, c'était juste une bonne bouteille. On pense que c'est lui qui l'a apportée, comme les fleurs, puis qu'ils y ont goûté tous les deux, et qu'avant de partir il a essuyé la bouteille et les verres. Il a tout essuyé ; il n'a pas laissé la moindre empreinte digitale dans l'appartement, à ce qu'on a pu voir. On en retrouvera sans doute au final une incomplète quelque part, c'est en général ce qui se passe, mais il ne faut pas rêver.

– Parce qu'il s'est montré méticuleux.

– Il a même passé l'aspirateur. Le voisin d'en dessous l'a entendu vers minuit. Il n'allait pas râler, ça n'a pas fait tant de bruit, c'était juste insolite, à une heure pareille. Car elle, ça ne lui ressemblait pas, de passer l'aspirateur en pleine nuit.

– Ou de le passer tout court, dit Elaine. Elle avait une bonne qui venait une fois par semaine, et son boulot consistait, entre autres, à passer l'aspirateur.

– Et elle n'emportait sans doute pas le sac de l'aspirateur avec elle en partant, comme lui l'a fait. Elle pensait que c'était une espèce d'agent secret ? Eh bien, si ce n'était pas le cas, ç'aurait pu l'être. Il a agi en vrai pro, et n'a laissé derrière lui aucun indice qui permette de le retrouver. Vous connaissez cette série télé qui met en scène des spécialistes de la médecine légale ? Il en existe une autre version qui se passe à Miami et qui n'est pas aussi bien. La première est excellente, mais moi, j'aimerais bien qu'on arrête de la diffuser.

– Parce que ça donne des idées aux gens ?

– Non, les dingues, il n'y a pas besoin de leur en donner, des idées, ils en trouvent une quantité tout seuls. En revanche, ça leur explique les erreurs à ne pas commettre.

– Vous pensez que ce type nous montrait tout bêtement ce qu'il avait appris en regardant la télé ?

– Non. De fait, je ne sais pas quoi en penser, de ce mec. Je n'ai encore jamais vu de crime aussi sinistre. Je n'ai pas envie d'entrer dans les détails, et je regrette que Mme Scudder soit obligée d'entendre ça, mais cette femme, il l'a torturée longtemps avant de la tuer. Et après, laisser l'endroit dans un état impeccable, avec tout bien rangé comme il faut, et elle nue et morte au milieu du décor, c'était comme chez ce peintre, le Français…

– Magritte, dit-elle.

– Oui, celui-là. Alors, qu'est-ce qui choque, dans le tableau ? Je veux dire, si c'est le mec qu'elle fréquentait, et je ne vois pas qui ça pourrait être d'autre, étant donné qu'il s'est présenté au concierge et lui a demandé de le laisser monter. S'il sortait avec elle et couchait avec elle... ils couchaient ensemble?

– D'après elle, c'était même un bon amant.

– C'est vrai, vous me l'avez dit. Il y a des types qui pètent les plombs, qui se chopent une pauvre fille pour lui faire sa fête. Mais ils ne commencent pas par sortir avec. En général, ils en choisissent une qu'ils ne connaissent pas, une pute ou bien une nana qui se trouve là où il ne faut pas au mauvais moment. De temps en temps, il y en a un qui se raconte qu'il a une liaison avec cette femme, mais ça, c'est dans sa tête que ça se passe. L'érotomanie, voilà comment ça s'appelle. On vit dans l'illusion, l'auteur du crime croit qu'il sort avec sa victime, alors que n'importe qui dirait qu'il l'espionne comme un malade.

Il avait raison, ça ne tenait pas debout.

– Ce serait bien, reprit-il, si l'un d'entre vous se souvenait d'autre chose sur lui, quelque chose à quoi elle aurait pu faire allusion. N'importe quoi... s'il avait un accent régional, s'il était instruit ou pas, même des petits détails, comme s'il aimait le base-ball ou s'il sentait l'eau de Cologne. On se dit que c'est un machin insignifiant et que ça ne vaut pas le coup d'en parler, mais ensuite ça se recoupe avec d'autres éléments et ça nous donne un indice.

– Il boit du scotch, déclara Elaine.

– Bon, c'est déjà un début. Elle en a parlé au détour de la conversation?

– Elle lui a proposé un verre, il a demandé un scotch, et elle n'en avait pas. Elle avait d'autres alcools, mais le lendemain elle est allée s'acheter une bouteille de ce qui était, j'imagine, du très bon scotch. Et à l'évidence elle a bien choisi, car la prochaine fois qu'il est venu, il lui a dit qu'il était excellent. Il n'en a pourtant bu qu'un petit verre, en se demandant, m'a-t-elle raconté, ce qui durerait le plus longtemps, la bouteille ou leur liaison...

– La bouteille, trancha Sussman. Elle est toujours là… du Glen machin-chouette. (Il nota quelque chose.) Il l'a peut-être tenue pour se servir à boire lors d'une précédente visite et aurait oublié, hier soir, d'effacer les empreintes qu'il a laissées dessus. Mais ça m'étonnerait. Il n'empêche que c'est exactement le genre de truc qu'il faut chercher. Vous savez, je ne serais pas surpris qu'elle ait laissé échapper quelque chose d'autre ayant à voir avec son nom. Avec un peu chance, ça risque de vous revenir.

– Possible.

– Du Strega ! lança-t-il. Puisqu'on parle de ce qui nous revient. C'est le nom de la bouteille qu'il a apportée. Voilà un moyen de le coincer. Ce n'est pas vraiment de la vodka Georgi. Si vous travaillez dans un magasin de vins et spiritueux, vous en voyez souvent débarquer, des gens qui vous demandent du Strega ?

– Vous allez donc faire le tour de ceux du quartier.

– On va commencer par ce secteur, avant d'élargir les recherches. Elle ne vous a donné aucune indication sur l'endroit où il habite ? Vous ignorez absolument dans quel coin de la ville il crèche ? Bon, quelqu'un lui a vendu du Strega, et il se peut que ce type se trouve sur place lorsqu'on viendra se renseigner, et que non seulement il s'en souvienne mais qu'il ne voie pas d'inconvénient à collaborer avec la police, sans avoir le sentiment d'empiéter sur le droit inaliénable du client à protéger sa vie privée ni craindre de se retrouver avec un procès sur le dos. Rien ne dit que notre homme n'a pas payé sa bouteille de Strega avec une carte de crédit, même s'il ne faut pas rêver. Rien ne dit que la boutique n'est pas équipée de caméras de surveillance, qu'elles sont bel et bien en service et qu'on ne va pas se pointer là-bas avant que les bandes vidéo de la soirée en question soient automatiquement recyclées, bien qu'il ne faille pas trop y compter. Pas besoin de conserver les

bandes vidéo ; il suffit d'être capable d'identifier la cra-
pule qui vous braque, et non quelqu'un qui est venu
vous acheter la veille ou l'avant-veille au soir une bouteille d'alcool de prix.

L'immeuble de Monica se remarquait facilement ;
c'est peut-être pour ça que je l'avais tout de suite
reconnu quand on nous l'avait montré sur New York
One. Il se trouve dans Jane Street, au nord-ouest du Village, un immeuble Art déco de seize étages, dont la
façade en brique sépia s'orne de linteaux et de corniches
minutieusement sculptés. Nous longeâmes Hudson
Street vers le nord sans dire grand-chose, et quand cet
immeuble, plus haut que ses voisins, se dessina à l'hori-
zon, Elaine m'agrippa la main. Lorsque nous arrivâmes
devant, elle était en larmes.

– Si elle s'est mal comportée, sanglota-t-elle, je n'en
ai jamais eu vent. Elle ne s'est jamais montrée mes-
quine, elle n'a jamais fait de mal à personne. Jamais.
Elle se tapait des hommes mariés, et alors ? Elle a arrêté
de travailler après la mort de ses parents parce qu'ils lui
avaient laissé de quoi vivre. Et puis il lui arrivait de se
balader avec des bonbons dans son sac à main et de les
sucer en catimini, parce qu'elle en avait honte et ne
voulait pas qu'on le sache. Elle se souciait sans doute
plus de sa garde-robe que mère Teresa, ce qui en faisait
probablement quelqu'un de plus superficiel, mais aussi
de moins chiant à fréquenter. Voilà tout ce que je peux
trouver de pire à son sujet, et ce n'est pas si affreux que
ça, non ? Ce n'est pas assez épouvantable pour mériter
de se faire assassiner ? Si ?

– Non.

– Je n'arrive pas à le regarder, son immeuble. Ça me
donne envie de pleurer.

– Je vais nous trouver un taxi.

– Non, marchons un peu. Est-ce qu'on peut marcher un peu ?

Nous remontâmes à pied vers le nord, en suivant Hudson Street qui se transforme en Neuvième Avenue après la 14e rue. Nous passâmes devant un resto branché, le Markt, et ce fut là qu'elle déclara :

– René Magritte n'était pas français, mais belge.

– Ça ne t'a pas empêchée de comprendre que c'était lui, le peintre dont parlait Sussman.

– Parce que j'avais la même image en tête, l'association des contraires, caractéristique des surréalistes. Il fait jour, mais le ciel est sombre. Ou alors ce tableau qui représente une pipe au tuyau incurvé, accompagné de cette légende : « Ceci n'est pas une pipe. » Paradoxe. Ce qui fait que je viens d'y penser…

– C'est que le Markt est un restaurant belge.

– Oui, comme le petit resto en face dans la 14e, La Petite… Quelquechose. Monica l'aimait bien, on y sert des moules préparées à toutes les sauces, et elle a toujours adoré les moules. Tu sais à quoi ça ressemble ?

– Les moules ? C'est un peu comme les palourdes.

– Même qu'il paraît, d'après elle, qu'une fois qu'on les a sorties de leur coquille, on dirait vraiment des moules, au sens figuré du terme.

– Ah…

– Moi, je lui répliquais que c'était son côté lesbienne qui ressortait. On devait aller y déjeuner, mais on n'en a jamais eu le temps. Et maintenant, ça n'arrivera pas.

– Tu n'as rien mangé de la journée.

– Je n'ai pas envie d'entrer là-dedans.

– Là-dedans, non. Mais si on allait voir ailleurs ?

– Je n'arriverai pas à avaler quoi que ce soit.

– D'accord.

– Ça me ferait gerber. Mais si toi tu as faim…

– Je n'ai pas faim.

– Enfin, si tu penses que tu as envie de grignoter

quelque chose, on peut s'arrêter. Mais moi, ça m'a coupé l'appétit.

Nous franchîmes plusieurs carrefours sans desserrer les dents.

– Il y a sans arrêt des gens qui meurent, reprit-elle.

– Oui.

– C'est comme ça : plus on vieillit, plus on voit mourir de gens. Ainsi va le monde.

Je gardai le silence.

– Je risque d'être un peu déphasée pendant quelques jours.

– Ce n'est pas grave.

– Ou même davantage. Je ne m'attendais pas à ça.

– Non.

– Comment j'aurais pu ? Je pensais qu'elle serait toujours là. Je pensais qu'on allait devenir, toutes les deux, deux vieilles dames excentriques. C'est ma seule copine qui sache que j'ai fait la pute. Je me trompe de temps, hein ? Elle était la seule de mes copines à savoir que j'ai fait le tapin. Il faut parler d'elle au passé, hein ! Elle appartient au passé, elle est définitivement rayée du présent et de l'avenir. Je crois qu'il va falloir que je m'assoie.

Il y avait tout près une cafète latino. On y servait des sandwiches cubains et je ne sais quoi encore : ni l'un ni l'autre, nous ne regardâmes la carte. Je commandais deux cafés, elle demanda au serveur de lui faire un thé.

– Elle se gardait bien de te juger, reprit-elle. Elle s'intéressait à toi sans en devenir baba, et ça lui paraissait normal, tout comme elle trouvait normal que j'aie vécu des années comme ça. Qui d'autre est au courant ? Toi, et puis Danny Boy, qui me connaissait à l'époque. Et T.J., qui n'est sans doute pas dupe.

– Non.

– Écoute-moi bien. Il l'a torturée, tu te rends compte ! Elle devait être terrifiée. Je ne peux pas imaginer, et en même temps j'imagine très bien… Je ne crois pas que je vais pouvoir gérer ça, mon chou.

– Tu le gères très bien.

– Ah oui ? Je ne sais pas. Ça se peut…

Je laissai la moitié de mon café, elle trempa les lèvres dans son thé, puis nous sortîmes et remontâmes un peu vers le nord. Elle m'annonça alors qu'elle prendrait volontiers un taxi, je lui en arrêtai un.

Dans la voiture, elle ne dit qu'une chose : « Pourquoi… » sans que ç'ait l'air d'une question. Comme si elle n'attendait pas de réponse. J'aurais d'ailleurs été bien en peine de lui en donner une.


Elle s'installa devant son ordinateur pour écrire une rubrique nécrologique à paraître dans le *New York Times*, puis l'imprima et me l'apporta, afin de voir si je la trouvais bien. Sans me laisser le temps de la lire, elle me la reprit des mains et la déchira.

– Faut-il que je sois folle ! Je n'ai pas besoin de publier quoi que ce soit pour expliquer qu'elle est morte. Les journaux et la télé vont s'en charger. Demain à la même heure, tous ceux qu'elle connaissait sauront ce qui lui est arrivé, au même titre que n'importe qui.

Elle alla regarder par la fenêtre. Nous habitons au treizième étage, et autrefois nous voyions les tours du World Trade Center depuis la fenêtre orientée au sud. Évidemment maintenant il n'y a plus rien à voir, mais, les mois qui suivirent la catastrophe, il m'arrivait de la surprendre en train de contempler leur absence.

Vers six heures, le concierge appela pour annoncer l'arrivée de T.J. Dès qu'elle l'aperçut, elle fondit en larmes et le serra dans ses bras.

– Tu dois avoir faim, lui dit-elle. Toi aussi, ajouta-t-elle en s'adressant à moi. As-tu mangé quelque chose depuis le petit déjeuner ?

Je n'avais rien avalé de solide.

– On a ce qu'il faut, expliqua-t-elle. Ça vous va, des pâtes ? Et une salade ?

Nous lui répondîmes que ça nous allait très bien.

– Je ne fais jamais rien d'autre. Qu'est-ce que je suis chiante ! Comment arrivez-vous à me supporter ? Je sers tout le temps la même chose, il n'y a que la forme des pâtes qui change. Je devrais peut-être me mettre à préparer de la viande. Ce n'est pas parce que j'ai décidé d'être végétarienne que vous n'avez pas le droit, l'un et l'autre, de manger de la viande.

– Si tu nous faisais tout simplement des pâtes ? lui proposai-je.

– Merci. Vous n'allez pas y couper.


Je n'avais pas envie d'assister à une réunion, mais le moment venu Elaine me le suggéra.

– J'aimerais autant rester ici, lui dis-je.

– Vas-y, insista-t-elle. T.J. et moi, on va jouer aux cartes. Tu sais jouer au rami ?

– Bien sûr.

– Et au cribbage ?

– Oui, un petit peu.

– Dans ce cas, ça ne va pas. Et au casino ? Tu sais y jouer ?

– J'y jouais autrefois avec ma grand-mère.

– Est-ce qu'elle te laissait gagner ?

– Ça va pas ? Elle trichait, si nécessaire.

– Je parie qu'elle n'en avait pas besoin… Il doit bien y avoir un jeu de cartes que tu ne connais pas. Et la belote ?

– Ça se joue à trois, non ?

– Je parle de celle qui se joue à deux. Rien à voir avec l'autre. Tu sais y jouer ?

– Je n'en ai jamais entendu parler.

– À la bonne heure. Comme ça, je peux t'apprendre. Va donc à une réunion, Matt…

Le mercredi il y en a une pour les hommes à Saint-Columbia, une petite église de la 25e rue Ouest. Elle s'adresse surtout à ceux de plus de quarante ans, et l'on n'y voit pratiquement que des homosexuels, même si ce n'est pas une obligation. Le public est fonction de la population du quartier. Ça se passe à Chelsea, où la plupart des mecs sont pédés, à défaut d'avoir plus de quarante ans.

J'aurais pu me rendre à celle de Saint-Paul, à laquelle j'assiste régulièrement et qui ne se trouve qu'à cinq minutes de chez moi, mais je ne sais pas pourquoi je n'avais pas envie de voir des têtes connues, ni que l'on me demande comment ça allait. Je n'allais pas bien, et je n'avais pas envie d'en parler.

Il y a un bus qui descend la Neuvième Avenue, mais je venais de le rater. Je pris un taxi, ce qui constituait une journée record en la matière, même si le reste n'était pas à l'avenant. Lorsque j'arrivai, ils étaient en train de lire le préambule et on avait déjà fait la quête. Je me dis qu'ils devaient pouvoir payer la location sans que je verse mon écot, et je me servis un café avant de m'asseoir. L'intervenant, habillé et bichonné comme dans une pub GQ, nous raconta l'histoire de quelqu'un qui buvait seul au Four Seasons, où il essayait d'attirer l'attention d'un autre homme seul, avant de s'en aller en face, dans un autre établissement glauque à souhait, en espérant que son mignon l'y suivrait. Si ce n'était pas le cas, il restait là à s'enivrer.

– On était tellement coincés, à l'époque, qu'on restait transis, fit-il observer. À croire qu'on avait Joan Crawford pour mère.

Quand il eut fini, au lieu que ceux qui voulaient s'exprimer lèvent la main, chacun prit la parole à tour de rôle. Lorsque ce fut à moi, j'avais déjà dit tout ce que j'avais à dire, même si ce n'était qu'en moi-même.

– Je m'appelle Matt, déclarai-je, et je suis alcoolique. J'ai beaucoup apprécié vos interventions. Je crois que je vais me contenter d'écouter, ce soir.

Un peu plus tard, je reconnus une voix :

– Je suis très content d'être ici. Ce n'est pas une réunion à laquelle j'assiste d'ordinaire, mais je reconnais quelques têtes, dans le lot. Et puis j'ai trouvé ton histoire très enrichissante. Je m'appelle Abie, et je suis alcoolique.

Il expliqua ensuite que son travail l'accaparait beaucoup ces derniers temps, qu'il sautait des réunions et qu'il avait dû se rappeler que l'essentiel, c'était de ne plus boire.

– Si je perds ça, je perds également aussi tout ce que ça m'apporte.

Propos que j'avais entendus des centaines de fois, depuis des années, mais ça ne me fit pas de mal de les entendre une fois de plus.

Il me rattrapa lorsqu'il se dirigea vers la sortie.

– C'est la première fois que je viens ici, m'expliqua-t-il. Je ne savais même pas que c'était une réunion ciblée.

– Elle s'adresse aux mecs de quarante ans et plus.

– Ça, je l'ai compris en regardant qui était inscrit. Ce que je ne savais pas, c'est qu'ils étaient tous pédés.

– Pas tous.

– Sauf toi et moi, dit-il avec le sourire. Je n'ai rien contre les pédés, en fait j'aime bien l'énergie qui se dégage d'une pièce remplie de pédés. Seulement, je ne m'attendais pas à ça.

Je ne voyais rien à redire à ça.

– Matt ? Ça m'a étonné que tu ne prennes pas la parole.

– On ne peut pas me comparer à William le Taiseux, mais je ne me sens pas obligé de parler simplement parce que c'est mon tour.

– On avait quand même l'impression que tu avais quelque chose sur le cœur.

– Ah oui ?

– Comme s'il y avait un truc qui te minait. (Il me toucha l'épaule.) Tu veux aller te prendre un café ?

– J'en ai déjà bu deux ici ce soir. À mon avis, ça me suffit.

– Quelque chose à manger, alors ?

– Non, Abie.

– Mon premier parrain affirmait que nous sommes des gens qui ne peuvent pas se payer le luxe de garder un secret.

– Heureusement alors qu'il n'était pas de la CIA.

– Sans doute, mais il s'agit de…

– Je suis au courant, je crois.

Il recula, fit la grimace et se mordit la lèvre supérieure, un tic que j'avais déjà remarqué chez lui.

– Écoute, ça partait d'un bon sentiment. Tu dois sans doute préférer rester seul ce soir.

Je ne lui dis pas le contraire.


Je pris un autre taxi, et cette fois j'eus droit à de la musique arabe à la radio, très fort. Je demandai au chauffeur de baisser ; et vu la mine que je tirais, il n'insista pas. Il baissa le son, puis éteignit le poste, et ce fut dans un silence glacial que nous effectuâmes le trajet du retour.

La partie de belote n'était pas terminée lorsque j'arrivai. Je voulus savoir qui gagnait. La mine renfrognée, Elaine tendit l'index :

– Il me jure qu'il n'y avait jamais joué, répondit-elle, et moi ça me chagrine de penser qu'un jeune homme aussi gentil puisse mentir comme un arracheur de dents.

– J'y ai jamais joué, affirma T.J.

– Alors, comment ça se fait que tu me battes à plates coutures ?

– Tu es simplement un bon prof.

– Ça doit être ça. (Elle ramassa les cartes.) Rentre. T'as été un amour de me tenir compagnie, même si tu n'as pas eu la décence de me laisser gagner. Une minute… Tu as faim ? Tu veux un petit gâteau ?

Il fit signe que non.

– T'en es sûr ? Fabrication maison, dit-elle sur le ton de la plaisanterie.

Il refit le même geste, Elaine le serra dans ses bras et le laissa partir. Elle rangea les cartes et se posta de nouveau à la fenêtre, celle d'où on n'apercevait plus les Tours jumelles. Elle soupira et se retourna vers moi :

– J'ai réfléchi. Elle n'avait pas que moi comme amie. Personne n'était aussi proche d'elle que moi, mais il y avait d'autres femmes avec qui elle allait déjeuner, ou avec qui elle discutait au téléphone.

– Il faut croire.

– Elle a peut-être laissé échapper quelque chose sur ce type. Après tout, elle m'a expliqué qu'il buvait du scotch et qu'il portait la moustache. Elle a peut-être donné des détails supplémentaires à quelqu'un d'autre.

– Et si on rassemblait les morceaux du puzzle, on pourrait avoir une image ?

– Tu ne crois pas que c'est possible ?

– Non, je le sais, que c'est possible, tout comme Sussman. Ils vont éplucher son Rolodex et voir ce qu'il y a de noté dessus. Il s'y trouve peut-être… qui sait ? Ce n'est pas parce qu'elle ne voulait pas dire comment il s'appelait qu'il ne lui a pas, de son côté, donné un nom. Si en plus il lui a communiqué un numéro de téléphone, il sera consigné.

– Tu crois que c'est comme ça qu'on va l'avoir ?

Je ne le pensais pas, mais je lui dis que ce n'était pas à exclure.

– Bon… tiens, voilà un autre truc qui m'est venu à l'esprit. Elle est peut-être retournée voir sa psy. Cela faisait des années qu'elle avait arrêté sa thérapie, mais elle y est retournée à l'occasion pour une séance ou deux. Et je me suis demandé, je m'en souviens, si elle n'avait pas recommencé. Je ne sais pas à quoi ça tient, mais c'est l'impression que j'ai eue.

– Et elle risque d'avoir raconté à la psy des choses sur le mec ?

– Eh bien, tu sais… si elle n'ose pas se confier à quelqu'un d'autre…

– Tu as raison.

– Mais la psy acceptera-t-elle de parler ? Elle est liée par le serment du secret.

Certes, répondis-je, mais ce n'était pas aussi tranché. Si la patiente était morte et si l'on s'efforçait de découvrir l'assassin, le secret médical n'avait plus de raison d'être aux yeux de certains praticiens, et demeurait pour d'autres.

– Sa psy, elle s'appelle Brigitte Dufy. C'est une Française, elle a le même nom de famille que Raoul Dufy, le peintre, et ils sont peut-être même apparentés. Je sais que Monica le lui a demandé, mais je ne me rappelle plus ce qu'elle lui a répondu. Peu importe. Elle a passé sa jeunesse dans le coin, son père était cuisinier en second au Brittany du Soir. Tu te souviens de ce restaurant ?

– Bien sûr.

– Il était génial. Je me demande ce qui s'est passé. Il a disparu comme par enchantement. N'importe comment, Brigitte a été élevée ici, et elle y a attrapé un accent irlandais de Hell's Kitchen à couper au couteau. Pour plaisanter, Monica l'appelait Bridget Duffy. On devrait retrouver son nom dans son carnet d'adresses…

ou bien alors non. Du style, quand tu recopies ton carnet d'adresses, tu ne vas pas prendre la peine de noter le nom des gens avec qui tu n'as plus de contact. À quoi bon, puisque de toute façon tu ne vas pas les rappeler ? Enfin, si elle a arrêté sa thérapie...

Je lui dis que j'en toucherais un mot à Sussman le lendemain matin.

– Je ne supporte pas qu'elle ne soit plus là. Mais je vais m'y faire. C'est la vie, il faut s'habituer à voir mourir les autres. N'empêche que ça me révolte qu'on lui ait fait ça et que le coupable ne soit pas inquiété. Là, je voudrais que ça change.

– Ils vont l'avoir.

– Tu me le promets ?

Comment voulez-vous promettre une chose pareille ? Mais bon, je ne voulais pas lui faire de peine.

– Je te le promets.

– Tu ne pourrais pas faire quelque chose ?

– À part les déranger dans leur travail ? Je n'en sais rien. Je vais voir si je peux trouver quelque chose.

– Je ne m'attends pas à ce que ce soit toi qui le retrouves, dit-elle. Sauf que si, tu vois. Tu es mon héros, bonhomme. Depuis toujours.

– Tu ferais mieux de t'adresser à Spiderman...

– Non, dit-elle, je ne regrette pas le choix que j'ai fait.

## 17

*Dans un Kinko de Columbus Avenue, il s'installe devant un terminal informatique où pour un tarif horaire modique il peut avoir accès à Internet, et cela dans le plus strict anonymat. Il va sur Yahoo où, gratuitement et en quelques minutes, il s'abonne sous un nom qui n'est qu'une suite de mots et de chiffres dénués de signification. Il aurait du mal à s'en souvenir, mais peu importe, car il ne s'en servira plus jamais. C'est un abonnement éphémère, dont il ne restera presque certainement aucune trace, et même si on remonte jusqu'à lui on ne pourra pas aller plus loin que cet ordinateur ouvert au public et utilisé chaque jour par des dizaines de gens.*

*Il se rappelle s'être demandé comment on pouvait bien se faire arrêter et condamner il y a cent ans, en l'absence de médecine légale. Mais la science ne vient-elle pas simultanément au secours du criminel et du criminologue ? Il est tombé un jour sur une formule qui lui a toujours semblé illustrer parfaitement la théorie de l'évolution énoncée par Darwin : si vous concevez une souricière plus efficace, la nature vous concevra une souris plus habile...*

*Il médite un moment là-dessus, avant de revenir, à contrecœur, au présent. Il clique sur « Rédiger » et laisse courir ses doigts sur le clavier :*

Je vous écris car cela me gêne de penser aux malheureux parents de Jeffrey Willis, pour le meurtre duquel

Preston Applewhite a subi dernièrement le châtiment suprême. Si douloureux soit-il de perdre un fils, ce doit l'être encore plus quand on ne retrouve pas son corps. Il est insupportable de se dire que sa chair et son sang reposent à jamais dans une sépulture anonyme, même si, à la réflexion, je n'aimerais sans doute pas plus reposer dans une tombe portant un nom. Ça ne fait en effet aucune différence pour l'individu qui gît là.

Il ne m'en semble pas moins juste de vous annoncer que le fantôme de Preston Applewhite (que son nom soit maudit !) m'est apparu la nuit dernière. Il était animé d'un profond repentir. « Vous devrez expliquer aux braves gens du *Richmond Times-Dispatch*, m'a-t-il déclaré d'un ton lugubre à souhait, que je regrette profondément ce que j'ai fait, et que je cherche à me racheter en vous avouant tout simplement où se trouvent les restes du petit Willis. »

Et voici où on les retrouvera…

*Il donne des instructions précises, dessinant ainsi une véritable carte magique qui conduira ceux qui la suivront au vieux cimetière de famille, à l'endroit même où il a passé des moments très agréables avec le jeune Jeffrey – pour lequel ça n'a pas été si génial que ça. Cela réveille en lui tous les souvenirs, et il est tenté de décrire en détail les derniers instants de Jeffrey, mais ça ne cadrerait ni avec le contenu ni avec le ton de la missive.*

*Même si ce serait sans doute rigolo. Il se souvient d'Albert Fish, le déséquilibré pratiquant le cannibalisme qui assassinait des petits enfants et les mangeait. Après avoir tué et dévoré une certaine Grace Budd, il avait envoyé un petit mot aux parents dans lequel il leur racontait le meurtre et attestait que leur fille s'était révélée succulente au dîner. Mais, leur avait-il juré : « Je ne l'ai pas sautée. Elle est morte pucelle. »*

*Une Budd que l'on n'avait pas forcée à perdre sa fleur... Tu parles que ç'avait dû les réconforter, ses vieux!*

Vous allez d'abord croire qu'il s'agit d'un canular, et c'est normal. Mais vous ne manquerez certainement pas d'envoyer là-bas deux ou trois hommes avec des pelles, s'il est effectivement possible que les os de Jeffrey (car le reste s'est certainement décomposé depuis longtemps) se trouvent à l'endroit où le fantôme a dit qu'ils étaient.

Quand vous les retrouverez, et vous allez les retrouver, vos lecteurs et vous, ainsi que les autorités compétentes, auront matière à réflexion. Allez-vous être obligés de croire aux esprits et à leurs révélations? Ou bien quelqu'un a-t-il commis une grave erreur?

J'espère que vous me pardonnerez de ne pas signer ce texte. J'ai appris ces derniers temps qu'il est primordial de conserver l'anonymat. C'est là, à n'en point douter, le fondement spirituel de toutes nos traditions.

*Le* Richmond Times-Dispatch *possède bien sûr un site web, sur lequel il a trouvé l'adresse électronique du rédacteur en chef pour les nouvelles locales. Il la tape à l'endroit prévu et reste plusieurs minutes devant l'ordinateur, le curseur pointé sur «Envoyer». L'envoyer ou pas, toute la question est là, et il n'est pas évident d'y répondre. L'affaire Preston Applewhite s'est conclue de façon extrêmement satisfaisante, ce qui tend à prouver qu'il ne faut pas commettre d'excès de zèle.*

*D'un autre côté il serait, semble-t-il, plus intéressant de l'envoyer, ce message, de secouer un peu le cocotier, histoire de voir ce qui va se passer. Car il va certainement se passer quelque chose, tandis que s'il en reste là, eh bien il ne se passera rien, rien de plus que ce qui s'est déjà passé.*

*Et tout réside dans l'intérêt qu'on porte aux choses, non ?*

*Sauf qu'il n'est pas trop sûr de ce dernier paragraphe. Il va rencontrer un écho auprès de certains lecteurs, qui vont alors foncer alors tête baissée dans le mur, mais ce n'est jamais là qu'une plaisanterie pour initiés, et ça lui interdit de signer son œuvre. Il met le dernier paragraphe en surbrillance, appuie sur « Effacer », réfléchit un instant et le remplace par ce qui suit :*

Je vais vous laisser à votre travail, mes chers amis, alors même que je retourne au mien. Je vais abandonner sur-le-champ l'adresse électronique que j'utilise actuellement, de sorte que vous ne pourrez pas me joindre, je le regrette. Si d'aventure j'ai l'occasion de reprendre contact avec vous, je le ferai à partir d'une autre adresse électronique, à laquelle vous ne pourrez, hélas ! pas plus remonter qu'à celle-ci. Mais vous me reconnaîtrez à ma signature. Je suis, Monsieur, votre humble et dévoué serviteur,

Abel Baker

*Il se fend d'un petit sourire triste et clique sur « Envoyer ».*

*Il trouve New York plutôt sympa.*

*Il y a déjà vécu autrefois, et cela pendant plusieurs années. Il y serait resté plus longtemps si la situation ne l'avait pas contraint à partir. À l'époque, il y avait vu un coup du sort, mais il ne faut pas se laisser abattre, comme il a coutume de dire, et il avait eu la sagesse de vouloir considérer comme une aubaine ce qui ressemblait à un malheur. N'avait-il pas eu l'occasion, en s'expatriant de New York, de découvrir un peu le pays ? N'avait-il pas connu une foule d'aventures géniales,* qui avaient récemment débouché sur la remarquable affaire Preston Applewhite ?

Quand il était parti, les Tours jumelles se dressaient encore fièrement au bas de Manhattan. Il lui arrive de se demander ce qu'il aurait ressenti s'il avait été présent à New York lorsque la ville avait essuyé cette agression qui défie l'entendement.

Il n'avait guère été ému par les victimes recensées à cette occasion. Ce qui toutefois le laisse songeur, et en même temps l'inspire, c'est le pouvoir terrifiant de celui qui a tiré les ficelles, du marionnettiste qui avait réussi à convaincre ses disciples de venir percuter les tours en avion. Voilà qui dénotait un formidable talent de manipulateur.

Il a lui aussi donné dans la manipulation. Du temps où il habitait à New York, il ne se défendait pas mal de ce côté-là, même si aucun de ses sujets n'a jamais rien fait d'aussi spectaculaire. Il n'empêche – ses victimes n'étaient pas idiotes, et pour réussir il lui fallait recourir à une sorte de jiu-jitsu psychologique : c'est en retournant leur force de caractère contre elles-mêmes qu'il gagnait.

Il marche tout en y songeant, et il constate avec plaisir que ses pas et ses réflexions l'ont conduit au même endroit, une maison de la 74ᵉ rue Ouest. Il est souvent passé devant et y est entré une fois. Il y avait alors trois autres personnes avec lui, et il en a tué deux – ici même, dans cette fameuse baraque, l'une avec une arme à feu et l'autre avec un couteau –, avant de zigouiller la troisième une heure après, dans une maison se trouvant à plusieurs kilomètres de là au sud.

Il se disait alors que cette maison serait sa récompense, qu'il se l'approprierait en commettant ces meurtres. Il croyait que c'était ce qu'il voulait, une belle maison de grès rouge tout près de Central Park.

Il était convaincu que c'était pour ça qu'il avait tué.

*Il est nettement plus libre maintenant qu'il sait à quoi s'en tenir sur lui-même!*

*En revenant à New York, il s'est demandé si cette maison existait toujours. Il y a des années de ça, dans la 11ᵉ rue Ouest, une maison de grès rouge attenante à ses voisines de même facture s'était littéralement volatilisée. C'était là que des étudiants gauchistes fabriquaient des bombes, et elle appartenait aux parents de l'un d'eux. Que pouvait-il y avoir de mieux, pour répondre à leurs motivations inconscientes, que de faire sauter une baraque détenue par leurs vieux? N'était-ce pas là, au fond, l'objectif qu'ils poursuivaient en secret au travers de leur engagement politique?*

*Lorsqu'il avait débarqué à New York, on l'avait déjà remplacée. On aurait dit que l'architecte avait fait pivoter la nouvelle bâtisse – elle est d'une taille analogue à celle de ses voisines, mais une partie de la façade se détache du reste et part en biais. On a manifestement voulu fondre l'architecture contemporaine dans celle d'autrefois, mais il subodore que cela relève d'une explication plus profonde et obéit au désir de laisser transparaître dans le nouvel édifice la puissance de l'explosion qui a ravagé celui qui se dressait à cet endroit-là.*

*Mais ici, dans la 74ᵉ rue Ouest, on n'a jamais fabriqué de bombes et il n'y a aucune raison pour que cette maison ait disparu, uniquement parce qu'elle ne fait plus partie de son quotidien. Elle est toujours debout et la même vieille femme, encore plus âgée, y tient toujours le même magasin d'antiquités.*

*Il pense à une autre boutique et au coupe-papier qu'il y a acheté. À la femme qui le lui a vendu, en l'appelant un « couteau papier ». Vocable qui en lui-même prête à confusion, qui peut aussi bien désigner un couteau à papier, servant à couper le papier, qu'un couteau en papier, et donc taillé dans du papier. Ou encore un couteau de papier, qui n'a de couteau que le nom, à l'instar des tigres en papier...*

*Toujours est-il que ce couteau a disparu, quel que soit le nom qu'on lui donnait. Certes, il existe encore, de même que la maison est toujours là, mais il ne fait plus partie de sa vie.*

*Et cette maison... fait-elle partie de sa vie ? Doit-il, comme tant de choses dans cette ville extraordinaire, la ranger sous la rubrique des Affaires à régler ?*

*Il va lui falloir y réfléchir.*

*En revenant il s'arrête quelques instants sur le trottoir d'en face, devant un autre immeuble beaucoup plus grand, situé à l'angle sud-est du carrefour de la 57ᵉ rue et de la Neuvième Avenue. Il y a en permanence un portier de service, le hall comme les ascenseurs sont équipés de caméras de surveillance. Cela étant, vont-elles représenter un obstacle sérieux ? Elles ont été conçues, installées et entretenues par des hommes, un autre homme doit certainement pouvoir les neutraliser.*

*Mais il n'en est pas encore temps.*

*Il rentre chez lui à pied. Il se prend parfois pour un bernard-l'ermite qui vient s'installer chez les autres et abandonne leur domicile quand ça ne l'intéresse plus. L'abri qui lui convient en ce moment, son domicile actuel, se compose de trois pièces au dernier étage d'un immeuble résidentiel de la 53ᵉ rue, un peu à l'écart de la Dixième Avenue en allant vers l'ouest. L'édifice donne des signes d'embourgeoisement. On en a repeint la façade en brique, rénové couloirs et ascenseurs, restauré entièrement le hall d'entrée. Pour bon nombre, les appartements ont également été refaits, à mesure que leurs occupants sont morts ou qu'on les a envoyés s'installer ailleurs, et qu'ils ont été remplacés* par de nouveaux locataires qui acquittent des loyers indexés sur le prix du marché. Il n'en reste plus que quelques-uns dont les loyers sont contrôlés, et l'une d'elles, Mme Laskowski, n'en a sans doute plus pour longtemps. Elle pèse vingt-cinq kilos de trop, souffre de diabète et d'une maladie qui par mauvais temps lui donne des douleurs dans les articulations. Elle n'en est pas moins dehors, là, sur le perron, en train de fumer un cigare italien nauséabond, quand il monte les marches.

– Tiens, salut! lui dit-elle. Comment va votre oncle?

– Je viens d'aller le voir.

– J'aimerais bien pouvoir en faire autant, croyez-moi. Lorsqu'on croise quelqu'un pendant des années, ça vous manque de ne plus le voir. Dommage que vous ne puissiez pas les forcer à l'envoyer à Saint-Clare. Ma cousine Marie – que Dieu garde son âme – était à Saint-Clare, et j'ai pu lui rendre visite tous les jours jusqu'à sa mort.

Qu'est-ce que ça devait être génial!

– On s'occupe bien de lui à l'hôpital des anciens combattants, lui rappelle-t-il. Du mieux possible, et tout cela gratuitement.

– Je ne savais pas qu'il était dans l'armée.

– Oh si, et il est très fier d'avoir servi sous les drapeaux. Mais ces derniers temps il n'avait pas envie d'en parler.

– Il ne m'en a jamais parlé. L'hôpital des anciens combattants, c'est dans le Bronx, non?

– Dans Kingsbridge Road.

– Je ne sais même pas où ça se trouve. Ça doit faire une trotte, par le métro.

– On doit changer de ligne, répond-il, et après il faut marcher un bon moment avant d'y arriver. (Il ne sait absolument pas ce qu'il en est, au juste, il n'est allé qu'une fois dans le Bronx et il y a longtemps.) Et puis, *ce n'est pas facile de lui rendre visite. Aujourd'hui, il ne m'a même pas reconnu.*

*– Vous êtes allé jusque là-bas, et il ne vous a pas reconnu ?*

*– Il faut bien faire la part des choses, madame Laskowski. Et puis... vous savez ce que disait mon oncle : « On a ce qu'on a. »*

*Il monte l'escalier, entre dans l'appartement et referme à clé derrière lui. Délabré et sordide, l'appart. Il aurait volontiers engagé quelqu'un pour le nettoyer, mais comme ça aurait pu faire jaser il s'en est chargé lui-même, a frotté les murs et le plancher, pulvérisé du déodorant... Mais il y a des limites à ce qu'on peut faire, et il règne toujours ici l'odeur infecte des cigarettes que Joe Bohan a fumées pendant cinquante ans, mélangée à la puanteur de Joe Bohan lui-même ; le bonhomme vivait seul et n'accordait, à l'évidence, pas beaucoup d'importance à l'hygiène corporelle.*

*Il n'empêche que dans une ville où l'on paye un prix exhorbitant pour une chambre d'hôtel complètement minable, disposer d'un appartement gratuit est un avantage appréciable, surtout s'il se trouve tout près de l'endroit où il lui reste encore du pain sur la planche...*

*Chez un traiteur de la Dixième Avenue, où il s'était arrêté manger un sandwich et boire un café, il avait entendu deux vieillards parler de ce pauvre Joe Bohan, qui ne mettait quasiment plus le nez dehors. On ne le voit plus jamais, expliquait l'un d'eux, mais c'est un type vraiment adorable.*

*Il avait repéré ledit Joseph Bohan dans l'annuaire. Il avait appelé le numéro en question, et c'était un homme à la voix éraillée qui lui avait répondu. Non, lui avait-il expliqué, il n'y a pas de Mary Eileen Bohan ici. Il était vieux, il vivait seul. Des parents proches ? Non, aucun. Mais il y avait en effet quantité de Bohan, même s'il ne se rappelait pas avoir entendu parler d'une Mary Eileen.*

*Il avait laissé passer un jour ou deux pour que le vieil homme oublie ce coup de téléphone, puis fait ses bagages et quitté la chambre qu'il occupait dans un hôtel borgne du côté de la gare de Penn Station et qui lui coûtait les yeux de la tête. Il avait gravi le perron de l'immeuble de la 53e rue Ouest une valise dans chaque main, appuyé sur la sonnette de Bohan et était monté au second étage, où un vieux débris mal rasé l'attendait dans l'entrée de son appartement, vêtu d'un pyjama gris et baignant dans une puanteur qui avait dû s'accumuler pendant une bonne semaine.*

*– Oncle Joe? Je suis ton neveu Al, et je viens te voir.*

*Le vieil homme a l'air perplexe, mais il le laisse entrer. Il fume une cigarette, qu'il tète comme s'il s'agissait d'un tube relié à une bonbonne d'oxygène, et entre deux bouffées il lui pose des questions. Qui est son père? Serait-il le fils de Neil? Et qu'y a-t-il dans ces valises? Et... puis, il est vivant, le Neil? Il croyait que son frère était mort, et cela sans s'être jamais marié.*

*Le vieillard a une respiration sifflante et ne tient pas bien sur ses jambes. On voit sur son visage deux tumeurs apparemment cancéreuses, il a une sale mine et, nom d'un chien, qu'est-ce qu'il cocotte! Il le saisit, glisse une main sous son menton piquant et, de l'autre attrape son épaule décharnée. Il n'a guère de mal à lui rompre le cou, au vieux. C'est quand même super lorsqu'un geste opportun s'avère aussi indolore!*

*Les jours suivants, il laisse les autres habitants de l'immeuble s'habituer à lui, tandis qu'il s'approprie l'appartement, se débarrasse des habits et des affaires du vieillard, tout comme il s'est débarrassé de lui en personne. Tous les jours, il descend des sacs poubelle et les dépose dans la rue. Depuis quelques années, mon oncle ne jetait plus jamais rien, dit-il. Pour lui, ce n'est pas facile, vous comprenez?*

*Il met les sacs sur le trottoir, pour que les éboueurs les ramassent. Avec les autres, ceux qui renfermaient des bouts du corps du vieil homme, il lui faut quand même prendre certaines précautions. Il a plongé le cadavre dans la baignoire, l'a vidé de tous ses fluides organiques et l'a découpé en morceaux transportables à l'aide d'une scie à os achetée dans un magasin pour articles de cuisine de la Neuvième Avenue. Des petits morceaux de Joe Bohan, enveloppés comme de la viande, il en trimballe à chaque fois quelques-uns jusqu'à l'Hudson, de l'autre côté de la voie rapide du West Side. Si jamais ils remontaient à la surface – et ça ne risque guère de se produire, étant donné qu'il n'y a plus de gaz pour atténuer leur pesanteur intrinsèque – il ne voit pas ce qu'on pourrait bien en penser. Et si, grâce à je ne sais quel miracle de la médecine légale, on arrivait à les identifier, le bernard-l'ermite aurait depuis longtemps renoncé à sa coquille, ainsi qu'à ce nom d'Aloysius Bohan...*

*Une fois qu'il s'est débarrassé des derniers restes de Joe Bohan, à l'exception de son odeur persistante, il laisse courir le bruit qu'il a conduit son oncle à l'hôpital.*

*– J'ai essayé de m'en occuper moi-même, explique-t-il à Mme Laskowski, mais je ne peux pas lui prodiguer les soins dont il a besoin. Hier soir, je l'ai aidé à descendre puis à monter dans un taxi, et on est allés directement à l'hôpital des anciens combattants. Ça m'a coûté la peau des fesses, mais que voulez-vous ? Il n'a que moi au monde. Il veut que je reste ici jusqu'à ce qu'il revienne de l'hôpital. Je devrais être à San Francisco, on m'a proposé un travail là-bas, mais je ne peux pas l'abandonner comme ça. C'est mon oncle.*

*Et le tour est joué.*

*Le voilà maintenant assis à la table de la cuisine, couverte de centaines de marques de cigarettes laissées* par Joe Bohan. Il porte un doigt à sa lèvre supérieure et puis fait la grimace, car il s'en veut. Les habitudes, se dit-il, on les attrape vite, et après on met longtemps à s'en débarrasser. Il allume son ordinateur, qu'il branche sur la ligne téléphonique de Joe Bohan. La connexion commutée est lente, aujourd'hui. Il aimerait bien installer l'ADSL, mais pour l'instant il n'en est pas question.

Aussi bien n'aura-t-il peut-être pas besoin de rester très longtemps dans cet appartement.

## 18

– Tu y as déjà pensé, me dit T.J., et n'importe comment ça ne tient pas debout, mais si je n'en parle pas ça va continuer à me trotter dans la tête.

– D'accord.

– Tu te doutes de la suite.

Nous étions au Morning Star. Il avait appelé pour me demander de l'y retrouver, et j'avais quitté un café nettement meilleur que celui que j'étais désormais en train de boire.

– Possible.

– Je vais le dire quand même. Bon. David Thompson et l'assassin de Monica pourraient-ils être une seule et même personne ?

– Leur principal point commun, répondis-je, c'est que ni toi ni moi ne savons qui ils sont ni comment les retrouver.

– Ce n'est pas tout.

– Ah bon ?

– Ils portent tous les deux la moustache.

– C'est vrai que s'il s'agit d'Hitler, et qu'en définitive il n'est pas mort dans son bunker... Mais si tu examines la chronologie, tu constates qu'il ne s'agit pas du même individu. Thompson – ce n'est sans doute pas son vrai nom, mais il faut bien lui en donner un –, Thompson est resté avec Louise lundi soir depuis l'instant où elle l'a rejoint au restaurant jusqu'à ce qu'il nous fausse compagnie, peu avant minuit.

– Et alors ?

– D'après Sussman, qui s'est renseigné auprès du concierge, il était environ neuf heures et demie-dix heures quand il a débarqué dans le hall de l'immeuble de Monica.

– Ça, c'était mardi. Avant-hier soir, non ?

– Putain, c'est vrai.

– Tu ne trouves pas que vingt-deux heures, c'est un peu long pour se rendre dans le centre de Manhattan ?

J'étais bien de cet avis.

– Il y était aussi lundi. Avec Monica. Elle l'a dit à Elaine.

– On ne peut plus téléphoner à Monica pour le lui demander. Mais si, on en est sûrs.

– Seulement on ne sait pas à quelle heure. On a chronométré ses allées et venues du mardi, mais pas celles du lundi.

Je réfléchis à la question et hochai lentement la tête.

– Donc il quitte Louise à minuit moins le quart, et on sait que la première chose qu'il a faite, c'est de sortir son portable pour appeler quelqu'un…

– Monica… pour s'inviter chez elle. Mais je me souviens de ce qu'a dit Elaine : il avait déjà prévu de retrouver Monica lundi.

– «Désolé, ma chérie, mais j'ai un peu de retard. J'arrive dès que possible.»

– Il s'habillait très classe, d'après Monica. David Thompson peut-il correspondre à ce que Monica entendait par «habillé très classe» ?

– Il portait un jean et un polo, non ?

– Personnellement, j'ai du mal à voir notre gus se pointer dans Jane Street avec des fleurs et une bouteille de Strega. (Je l'imaginai sortant de l'immeuble de Louise.) Il a allumé une cigarette. C'est quelque chose qu'elle a vérifié sur Internet, avant de le rencontrer. À savoir qu'il fumait, sinon ce n'était pas la peine.

– Et alors ?

– Monica était une ancienne fumeuse, et elle ne supportait pas d'être dans la même pièce que quelqu'un qui avait allumé une cigarette. Elle avait cette hypersensibilité qu'on trouve apparemment chez tous ceux qui ont arrêté le tabac depuis quelques années. Si c'était un gros fumeur…

– Ça, on n'en sait rien. Il s'arrangeait peut-être pour en griller une quand il était avec Louise pour lui faire plaisir.

– Et dès qu'il sort de son immeuble il en allume une autre, juste pour la forme ?

– Je vois ce que tu veux dire. Tu appelles qui ?

– Un flic.

Sussman m'avait donné sa carte, je composai son numéro sur mon portable. Quand il répondit, je me présentai et lui dis que j'avais juste une question à lui poser. Y avait-il une raison de penser que quelqu'un avait fumé une cigarette chez Monica Driscoll ?

– Pourquoi ?

Je ne pouvais pas lui en vouloir. J'aurais eu la même réaction si les rôles avaient été inversés. Il n'empêche que j'aurais préféré qu'il ne me le demande pas.

– J'ai réalisé une petite enquête pour une amie, lui expliquai-je. Elle n'a aucun lien avec Monica, si ce n'est qu'il y a dans sa vie un mystérieux personnage. Je n'ai pas réussi à apprendre grand-chose sur lui, en fait on n'arrive pas à le joindre, et…

– Et vous pensiez qu'il s'agissait peut-être du même individu.

– Non. Je pensais, et je continue à penser, que ce n'est pas le même, mais si je peux donner un coup de téléphone et l'exclure définitivement…

– Je saisis. Vous savez donc parfaitement si ce deuxième mec fume ou pas.

– Je sais très bien qu'il fume.

– Et pas Mme Driscoll ?

– Elle avait des idées très arrêtées sur la question.

Il me dit qu'il me rappellerait et raccrocha. T.J. me demanda ce que devenait Elaine. Je lui expliquai qu'elle était sortie ce matin avant que j'entre dans la cuisine et que c'était l'un des jours où elle faisait de la gymnastique. C'était bon signe qu'elle y soit allée, ajoutai-je, car j'étais pratiquement sûr qu'elle n'en avait guère envie.

Je n'avais pas tort, me renvoya-t-il, car tout le secret était là. La gym, il faut en faire sans arrêt, et pas seulement quand ça vous chante. C'est la même chose, lui fis-je remarquer, lorsqu'on ne veut plus boire d'alcool.

– Hier soir, reprit-il, elle était triste et par moments elle fondait en larmes, puis ça passait, tu vois ? Et elle se concentrait sur ses cartes. Tu sais jouer à la belote ?

– Non.

– Eh bien, elle peut t'apprendre. Elle est parfaitement capable de t'apprendre à y jouer. C'est un jeu sympa. Il faut simplement deux personnes et un jeu de cartes, tu te débrouillerais. Évidemment, il faut avoir un jeu de cartes spécialement conçu pour jouer à la belote, ce qui veut dire qu'il en faut deux au départ pour le constituer. Tu en prends deux, sans te servir des cartes allant du deux au huit, seulement de celles qui vont du neuf à l'as.

– Ravi de l'apprendre…

– Bon, enfin, on est seuls, tous les deux, on n'a même pas de cartes, et puis on guette le téléphone… Mais ça doit te raser, que je te raconte toutes ces conneries sur la belote…

– Non, ça va.

– Le fait est que même quand ça allait bien, quand elle jouait aux cartes et blaguait, c'était toujours là, tu comprends ? Une profonde tristesse, la mort dans l'âme…

– On pourrait croire, dit Sussman, qu'il est facile de répondre à cette question. À notre époque dominée par la science, on peut multiplier sa date de naissance par la somme que l'on a en poche, puis entrer le nombre dans un ordinateur, et ça vous dit ce que vous avez mangé au petit déjeuner. «Quelqu'un a-t-il fumé une cigarette dans l'appartement où le meurtre a eu lieu?» Qu'est-ce que ça a de compliqué?

– J'en déduis que ce n'était pas si simple.

– Pour commencer, l'autre salopard était un maniaque de la propreté. Je crois vous avoir dit que non seulement il a essuyé toutes les surfaces, à part le plafond, mais qu'il a aussi passé l'aspirateur. Pour être sûr qu'il ne traînerait pas de mégots, ni de cendre dans les cendriers. Un truc que je n'ai pas remarqué sur le moment, mais maintenant je peux vous en parler, c'est qu'il n'y avait pas de cendriers, point à la ligne. Il est donc clair qu'elle ne fumait pas et qu'elle n'avait pas l'habitude de recevoir quelqu'un qui fumait.

– Effectivement.

– Maintenant, lui, il aurait pu fumer, mais ne pas le faire chez elle, afin de ne pas la contrarier.

– J'imagine, dis-je, mais une fois qu'il l'a attachée et qu'il s'est mis à la torturer, à mon avis, le respect n'entrait plus en ligne de compte.

– Non, vous avez parfaitement raison. La voilà ligotée et bâillonnée avec du ruban adhésif, et lui, il commencerait par s'en allumer une. Selon toute vraisemblance, il se servirait alors d'elle comme d'un cendrier, vu la situation. Or, de ce côté-là, on n'a rien trouvé.

– Des brûlures.

– Il l'a drôlement amochée. Je ne voulais pas entrer dans les détails devant votre femme, mais ce mec s'est comporté comme une vraie brute. S'il était en train de fumer une cigarette, on en aurait relevé des traces sur le cadavre.

– Vous-même ne fumez pas.

– Non, je ne m'y suis jamais mis.

– Quand vous avez débarqué sur la scène de crime…

– Je me suis posé la même question. Est-ce que j'ai senti une odeur de fumée ? Je n'ai rien remarqué, mais aurait-ce été le cas ? Je ne peux pas vous donner de réponse. Sans compter que nous n'étions pas les premiers à arriver sur place, mon équipier et moi. Deux flics en tenue ont répondu à la personne qui a appelé police secours, et ils étaient là avant nous. Elle n'était pas morte depuis longtemps, ce qui explique qu'on ne sentait pas cette odeur pénétrante de décomposition qui se répand à la longue, mais vous savez ce qui se passe : les intestins se relâchent, la vessie se vide… On comprend tout de suite qu'on n'est pas entré dans une parfumerie.

– Si bien que l'un des deux flics en tenue a peut-être allumé une cigarette.

– En principe ils ne doivent pas, mais ça arrive. Pour masquer l'odeur, et aussi parce qu'on se retrouve planté là avec un cadavre, qu'on est en pleine nuit, qu'on est soi-même fumeur et qu'on a envie d'une clope, alors on s'en allume une. Pourtant je n'ai pas remarqué d'odeur de fumée, et mon équipier non plus. Il faut que je leur demande si de leur côté ils ont senti quelque chose en entrant. Seulement si ce sont des fumeurs, ça ne donnera rien.

– S'ils disent non, c'est qu'ils y sont trop habitués pour s'en apercevoir. S'ils disent oui, il se peut qu'ils mentent pour cacher le fait qu'ils ont fumé.

Il n'en disconvint pas.

– Vous connaissez bien la mentalité des flics, commenta-t-il. Autrement dit, le principal argument c'est qu'il ne fume pas car il n'a pas écrasé ses cigarettes sur